岁月如画

刘汝才 著

世界知识出版社

图书在版编目（CIP）数据

岁月如画 / 刘汝才著. -- 北京 : 世界知识出版社,
2025. 3. -- ISBN 978-7-5012-6859-7

Ⅰ. I217.2

中国国家版本馆CIP数据核字第20243KJ501号

书　　名	岁月如画 Suiyue Ruhua
作　　者	刘汝才
责任编辑	谢　晴
责任出版	赵　玥
责任校对	张　琨
出版发行	世界知识出版社
地址邮编	北京市东城区干面胡同51号（100010）
网　　址	www.ishizhi.cn
电　　话	010-65233645（市场部）
经　　销	新华书店
印　　刷	北京中科印刷有限公司
开本印张	880毫米×1230毫米　1/32　8¾印张
字　　数	207千字
版次印次	2025年3月第一版　2025年3月第一次印刷
标准书号	ISBN 978-7-5012-6859-7
定　　价	68.00元

弁　言

　　人生岁月是一部历史，每个人天天都在创造历史，都在书写自己的人生岁月。

　　人生岁月兮，唱出来就是歌，写出来就是诗，绘出来就是画。为了讴歌这如歌如诗如画的岁月，我曾于2009年撰写了《岁月如歌》，2015年撰写了《岁月如诗》，而今又撰写《岁月如画》。

　　在《岁月如诗》成书后，有些朋友建议我再出一本《岁月如画》，并打趣地说："这样，诗、歌、画就构成了人生的三部曲，不亦乐乎？"这是朋友逗乐的，我莞尔一笑。但此后，朋友又多次认真地提及此事，这使我感到，朋友是在让我继续努力，多练多学，活到老学到老。我很感谢朋友的鼓励，但对再出书一事我只字未提。

　　在《岁月如画》付梓之际，我不忘朋友的关心和鼓励，再次对他们表示诚挚的谢意。

作者
2024 年 8 月于北京

目　录

诗

主要内容：

格律诗

端午感怀

堆霜两鬓过端阳，犹忆当年稚气狂。
相约学童撷艾草，感恩长辈点雄黄。
龙舟响鼓穿堤柳，楚粽芳香绕栋梁。
今夕朋侪提往事，更招远客倍思乡。

（2024.6.10 甲辰端午节）

图为罗定市八排山　摄影／苏汉荣

题老苏所摄八排山风景照

青松岭顶眺龙城①，云淡风轻紫气盈。
天籁悠扬来伴奏，黄牛憨态舞升平。

（2024.3.6）

注：①龙城是罗定的别称。

2

庭院玉兰花

欲放含苞缀满枝，金风凭借展英姿。
望春^①娇艳知人意，应聘欣然入我诗。

（2024.3.30）

注：①望春是玉兰花的雅称。

感　时

重霄似镜明，大地煦风生。
堤柳撩湖水，游人醉意行。

（2024.4.30）

夏

午阳热气正攻心，翁妪扎堆到绿荫。
神侃闲人新发现，悄然无息夏来临。

（2024.4.27）

老干部趣味运动会管窥

献技耄翁甩弱肩，飞镖射靶中连连。
欢欣不禁眯双目，一笑回归总角年。

（2024.4.25）

图为龙潭湖岸龙爪槐　摄影／耕夫（即作者）

龙爪迎龙年

天生痴迷弯弓术，犹喜赤身战冷冬。
忽报甲辰吉日到，激情劲舞候金龙。

（2024.2.9）

4

和劳武君《天涯海角》

长者巡游去远行，千山万水见真情。
迎宾雅主南溟立，待客竭诚榜有名。

（2024.1.23）

贺 Q 君诗友八八大寿

昨日寿星临米市^①，寿面长长似吟鞭。
将来健步登茶舍，一盏香茗咏百篇。

（2024.1.20）

注：①米寿是 88 岁，茶寿是 108 岁。

大寒到来有感

最忆童年畏大寒，饥肠辘辘布衣单。
而今贫困销声去，家有余粮各自安。

（2023.1.19 大寒）

深山农家梦境

客官恰似游仙境，惊叹神工塑大千。
百丈瀑帘飘峭壁，一泓活水绕良田。
桥头河岸挪人影，坡上屋檐袅灶烟。
泽令有知来探访，会当《源记》①续新篇。

（2024.1.16）

注：①《源记》系指《桃花源记》。

和米茶香重读《醉翁亭记》①

胜地琅琊麓径旁，大师名著响八方。
千古绝唱今重读，经典折服解甲郎。

（2024.1.15）

注：①醉翁亭在安徽滁州琅琊古道旁。

看手机有记

明珠掌上最奇新，致志专心玩出神。
焦味忽闻奔镬灶，浓烟生处竟无人。

（2024.1.9）

深冬盆栽小红花

绿肥衬托几枝开，娇小玲珑坐晒台①。
莫道蛮腰多冷艳，眉开眼笑报春来。

（2024.1.12）

注：①旧时人称阳台为晒台。

冬日偶感

朔风飙冷几时休？白叟黄童未下楼。
乐奏陋厨交响曲，朵颐大快笑寒流。

（2023.12.12）

坚持四个自信①

战鼓添威震九天，奔腾万马骋平川。
通衢大道前程秀，革命逻辑底子坚。
制度新型犹显著，文明悠久最博渊。
黎元共谱同心曲，兴我华邦梦必圆。

（2024.1.6）

注：① 2016 年 7 月 1 日，习近平总书记在庆祝中国共产党成立 95 周年大会上提出中国特色社会主义道路自信、理论自信、制度自信、文化自信。

瑞雪降京城

夜来银粟洒京畿，景色今朝裹素衣。
总角院庭追梦去，耕夫陇亩笑微微。

（2023.12.11）

题老孙所摄古树新芽照

嫩苗古树沐阳光，历尽经年雪与霜。
莫道桑榆生感慨，幼枝奋力续华章。

（2023.12.8）

病房估算归家日

灰楼病榻夜深沉，平躺当头挂吊针。
能饭廉颇存底气，揣度不日可鸣金。

（2023.12.4）

病房轶事：急诊变"抢救"

肆虐寒流夜正深，长龙急诊几揪心。
纵身抢救风烟地，立马白衣给打针。

（2023.12.5）

病房时髦护工队

黑裙未见高跟履，难控低吟快乐歌。
里短家长清静地，滔滔不尽若悬河。

（2023.12.4）

病房输液

小巧清池头上挂，玲珑渠道灌心田。
忘忧气泡嘟嘟冒，倒数归家剩几天。

（2023.12.2）

戏题老孙所摄公园一角照（之一）

（公园内四名保姆在打牌，其东西两侧是坐在轮椅上的两位老人）

秋末公园色彩斑，正酣博弈四红颜。
资深卫士东西坐，猛悟而今孰赋闲。

（2023.11.6）

戏题老孙所摄公园一角照（之二）

（公园内十数老人安静地坐在轮椅上晒太阳，悠然自得，无忧无虑）

初冬云淡日当头，戏骨芳邻快下楼。
借得公园偏僻地，倾情义演《静幽幽》。

（2023.11.10）

窗外鸟儿偷听新闻

庭院锁氤氲，挨窗一^①大员。
窥听牵挂事，预报起风云？

（2023.1.3）

注：①"一"字在平水韵中属"四质"，仄声。

立冬做包子

揭盖蒸锅雾气浓，风烟散去露真容。
相机倏地高高举，记录银球秀早冬。

（2023.11.8 癸卯立冬）

戏咏霜降

霜降既无霜，谈何入韵章。
盼期冬日里，雪咏遍诗乡。

（2023.10.24 霜降，当日未降霜）

秋游奥林匹克公园

金风入苑伴吾行，燃起当初奥运情。[①]
各路神仙别梓里，八方高手聚京城。
村庄[②]共处堪和睦，赛场拼搏最奋争。
景物曩昔新入眼，耳根犹响助威声。

（2023.10.23）

注：① 2008 年北京奥运会和残奥会期间，笔者有幸当上志愿者，先后担任芬兰的两个代表团的联络员。笔者与六名联络员助理（北京外国语大学和中国政法大学的三年级在校生）白天在奥运村里的芬兰代表团驻地办公，协助代表团工作，前后共计一个月。
②村庄系指奥运村。

步韵和孙君《寒露》

绿蚁迎寒露，鸡豚待严冬。
操针缝厚袄，策杖过冰峰。

附老孙诗友原玉：

寒　露

曾未思寒露，心忧靠近冬。
开箱查履袄，能否越冰峰？

（2023.10.8）

京城国庆节

帝都花绚丽，熠熠五星旗。
黎庶飙歌舞，华邦共此时。

（2023.10.7）

和春回大地并问候老胡头

骚客去南方，闲居九里香①。
吟鞭常在手，羡煞拽耙郎②。

（2023.9.7）

注：①九里香乃桂树之别称。
②拽耙郎系指作者——"耕夫"。

处 暑

热风才散去，凉气紧登台。
时序循规律，轮回岁岁来。

（2023.8.23 处暑）

驱暑街舞

向晚街头唢呐嚣，群龙献艺正发飙。
汗珠缀脸千般乐，感动凉风把树摇。

（2023.8.20 于延庆）

首个全国生态日感赋

生态和谐治理经，换来水秀嶂峦青。
东村酣唱双山①曲，域外②居民侧耳听。

（2023.8.15 首个全国生态日）

注：①双山系指金句"绿水青山就是金山银山"。
②域外系指外国。

王府井五牛雕塑

图腾壮士立街头，最是雄姿虏眼球。
游客热衷同框照，股民偷着乐悠悠。

（2023.8.10）

秋老虎（之一）

热霸横行已到头，生灵企盼解忧愁。
凉风怎的弗吹送，忍看浑身大汗流。

（2023.8.8 立秋）

秋老虎（之二）

大暑辞归岂罢休，存心热死垄间牛。
犹唆知了弹炎曲，阻吓凉风进宇楼。

（2023.8.12）

大暑施魔术

法师驾雾甩雷鞭，洒雨倾情注巨川。
犹叹转身手脚快，神奇演绎汗蒸天。

（2023.7.23 大暑）

耕夫蹭课有记

先生眯眼敲平仄，蹭课白丁侧耳听。
里手击节称赏迭，外行收获却归零。

（2023.7.22）

小暑下大雨

热浪挥军闯帝畿，大街小巷路人稀。
孔明震怒呼风雨，敬赠狂徒下马威。

（2023.7.7）

读《云初佬趁墟歌》有感

回首人生感慨多，时光荏苒岁蹉跎。
乐哀喜怒尘间事，苦辣甜酸总是歌。

（2023.5.25）

题戴头饰摩托骑照

梨园头饰放光芒，疑是名伶正上场。
脱兔动如身隐去，却留惊艳在街坊。

（2023.6.30）

天舟六号启航①

快递扶摇上太空，核心舱内乐融融。
巡天毋忘西村寇，佩带随身箭与弓。

（2023.5.11）

注：① 2023 年 5 月 10 日 21：22，天舟六号货运飞船在文昌航天发射场成功发射升空，并于 5 月 11 日 5：16，成功对接于空间站天和核心舱后向端口。

立夏郊游

结伴出游若解围，正值瘟疬已式微。
经年禁足期霾散，此日心情尽放飞。

（2023.5.6）

京城五一节街景

帝府佳节景色新，天兵百万笑声频。
住民退避蜗居去，道路应将让客人。

（2023.5.2）

雾霾重来

柴门镇日渗浊尘，巷陌朦胧过往人。
指令遮颜新废止，今朝出户又封唇。

（2023.4.19）

核酸站暂停检测

休兵令霸屏，巷战已清零。
云雀还乡伍，急催撤站亭。

（2023.4.11）

无　题

西寨枭贼又阅墙，懂王败寇被提堂。
管他闹剧谁编写，笑睨冤家互骂狂。

（2023.4.6）

清明节

冷雨疾风打湿身，异乡远客备伤神。
愁云万顷心中起，化作冥钞祭本亲。

（2023.4.5 癸卯年清明节）

图为明城墙遗址一枯树

凭吊明城墙遗址

颓垣倾诉细无声，老树躬身吊古城。
止步游人良久立，惊觉岁月与枯荣。

（2023.3.29）

白内障手术后次日复查

轻轻妙手揭纱布，惊喜青阳分外明。
微信刷屏抒感叹，杏林春暖最关情。

（2023.3.2）

踏青明城墙遗址公园

城墙古韵深，骚客慕名寻。
艳魄^①知人意，欣然伴咏吟。

（2023.3.28）

注：①艳魄是梅花的雅称。

冬季供暖结束

夜半柴扉分外凉，顿觉斗室渗寒霜。
老夫乐笑无忧虑，信手揭开厚被箱。

（2023.3.16）

图为笔者与金猴共舞——1997 年
12 月 1 日于海南猴岛

忆畅游海南猴岛

三面烟波屿寂幽，精灵称霸几春秋。
怒瞧恶意飙刚烈，喜见诚实展顺柔。
避险抗灾先几步，攀岩爬树胜一筹。
推出经典摩头舞，共唱和谐岁月稠。

（2023.2.8）

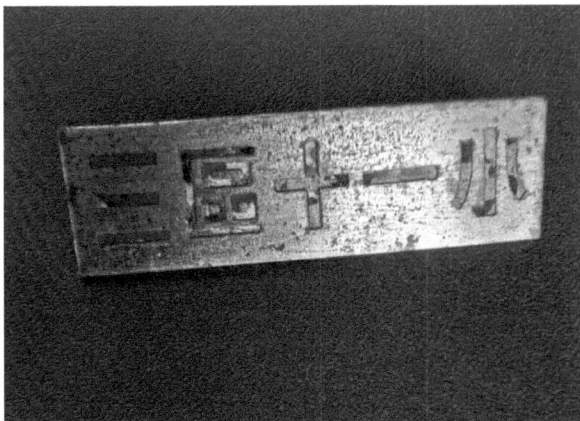

图为笔者于1953年7月高小毕业前佩戴的校徽
"三区十一小"（该校现名为龙岗小学）

看佩戴过的小学校徽有感

旧日相识抢目光，尘封往事内中藏。
寒门弟子登黉舍，赤脚垂髫诵雅章。
铭感园丁挥汗雨，珍惜桃李沐暖阳。
韶华但愿能重启，再挎书包进课堂。

（2022.4.18）

忆初中母校船中

少年入校最激情，满面春风脚步轻。

明亮讲台开导语，昏黄灯盏^①切磋声。

田鸡擂鼓^②催冲刺，知了飞歌^③助奋争。

结业直升^④名上榜，犹当监考小先生^⑤。

（2023.2.3）

注：①笔者就读初中的初期，晚上在教室里自习点的是煤油灯，光色昏黄，亮度较差。后改用汽灯，白光，亮度增强。

②校舍前面有两眼鱼塘，晚上塘里的青蛙叫个不停。

③校舍背后有许多龙眼树，盛夏的白天和傍晚，树上蝉儿噪声轰鸣。

④笔者毕业时被保送上高中，就读广东罗定中学，那是县里的重点中学。

⑤笔者毕业那年，升高中考试的考场就设在本校的学生饭堂，笔者被分配到考场当监考员（义工）。

忆高中母校罗中

（此系在 2004 年 11 月写的同题古风的基础上改写而成的七律）

莘莘学子赞罗中，百载耕耘硕果丰。

翻土扶犁常沐雨，斩棘开路总餐风。

盘桓眼下蜿蜒径，睇昤遥途万仞峰^①。

千里负笈京上去，几番回首木棉红。

（2023.1.23）

注：①万仞峰系指北京的重点大学。

忆母校外交学院

（此系在 2005 年 9 月写的同题古风的基础上改写而成的七律）

田夫一介进京城，五载寒窗苦奋争。
知识润心心爽朗，洋文贯耳耳轰鸣。
关怀学子言真切，道谢恩师语动情。
毕业登程天涯去，几回梦里课堂声。

（2023.1.26）

兔年吉祥

跳猫①抢步报春光，紫气盈门兆瑞祥。
总盼暄风驱疫疠，山河无恙世安康。

（2023.1.17）

注：①跳猫是方言，兔也。

元 宵

惯以白袍作泳装，弄潮滚滚冒烟汤。
逢年助庆春灯节，千古非遗世代扬。

（2023.1.31）

驱 "阳"

打坐宅居练内功，浑身发力斗瘟虫。
孽魔毕竟逃离去，老叟开轩望碧空。

（2022.12.25）

抗疫午觉

健魄强肌高枕去，醒来梦境尚依稀。
戏说大意荆州在，却把夕阳当旭晖。

（2022.12.20）

抗 "阳"

城区罩恐慌，微信刷屏忙。
饭饱添威力，长缨缚恶"阳"。

（2022.12.17）

26

抗"疫"火锅

青烟袅袅漫厅堂，芳气奇袭静默郎。
大快朵颐强体魄，笑评瘟孽耍癫狂。

（2022.12.12）

大雪无雪①

爽约打卡未出工，颇有微词陌上翁。
世道推崇勤奋者，懒虫莫当耳边风。

（2022.12.8）

注：① 2022 年 12 月 7 日是农历大雪节气，但大雪"偷懒"，当天并未下雪。

神舟十五冲天
（步李白《早发白帝城》韵）

轰隆一跃入云间，邈远星河瞬霎还。
迎客姮娥方启户，神舟已过桂花山。

（2022.11.30）

深秋银杏树

朔风弹响隐弦琴，声透层林放雅音。
兴犹未阑施法术，变出宝树尽披金。

（2022.11.8）

图为银杏树下"家财满地金"

初冬银杏树

昨夜寒风调素琴，恰如骚客正行吟。
闻声灵眼①飙凉舞，散落家财满地金。

（2022.11.26）

注：①灵眼树是银杏树的雅称。

28

苍松赞

寒气出师到麓隅，山林景色换新图。
西风休想欺凌我，傲骨铮铮大丈夫。

（2022.11.24）

初冬月季花

小雪无飞雪，黄鹂唱瘦丛。
繁英身隐去，惟汝笑寒风。

（2022.11.22 农历十月廿九小雪）

秋荷咏

自好洁身生气度，严霜凌虐体弗躬。
留得硕果存深处，犹竖枯株傲朔风。

（2022.11.1）

图为深秋喇叭花　摄影／郭秋常

题秋常君深秋喇叭花照

矫捷勇毅匍岩来，奔放激情蕊绽开。
高处劲播归去曲，明年蓄势再登台。

（2022.10.28）

二十大胜利闭幕

云淡天高紫气盈，英豪各路聚华京。
掌声雷动传捷报，回应黎民企盼情。

（2022.10.23）

汉俳（格律一）喜迎二十大

露月送金风，盛会繁花分外红，
　　满目尽葱茏。

（2022.10.5）

汉俳（格律二）喜迎二十大

祥云舞宝峰，恭迎盛举气氛浓，
　　欢声四海同。

（2022.10.6）

牵牛花

勤娘择处栅栏间，惯历安闲与苦艰。
何必伤怀寒气迫，喇叭依旧唱欢颜^①。

（2022.9.29）

注：①勤娘子、喇叭花是牵牛花的别称。

喜迎二十大（两首）

一

镰锤旗帜映苍穹，百载拼搏万代功。
铁帚清除街陌秽，猎枪守护锦花红。
扶贫济困彰宗旨，固本强基见慧聪。
鼓劲战歌新唱响，欣逢盛会送东风。

（2022.8.5）

二

商风巧把物华裁，稻浪金黄滚滚来。
锣鼓庆丰惊五岳，欢呼盛会在京开。

（2022.9.27）

大风迎秋分

箕伯漏夜扯云开，抢报秋分大驾来。
睡眼惺忪门缝睨，飘摇落叶盖阶台。

（2022.9.23 秋分）

秋老虎

力竭心疲充勇猛，不知时序气汹汹。
孔明黄夜呼风雨，顿匿林王①影与踪。

（2022.8.20）

注：①林王，虎也。虎乃林中之王。

步韵和秋常君《乡愁》

负笈冠岁远离乡，弟子寒门见曙光。
淡饭蔬食休介意，常提昔日菜根香。

（2022.8.16）

入伏即景

闯关热浪耍癫狂，老朽周旋有锦囊。
翻越长城朝北睇，崇山脚下是凉乡。

（2022.7.16）

眄视西村

贼寨传出恐惧声，东瀛走狗进坟茔。
英伦小丑名赒裂，寇首门庭险象生。

（2022.7.10）

核酸检测站

天兵十万尽封唇，帐幕街头扫码频。
浃背汗流白褂者，棉签探洞最凝神。

（2022.7.9）

34

观无忧花偶感

芳园雨霁畅怀游，止步无忧念隐忧。
卉圃华邦清静地，犹防西寨有贼头。

（2022.7.7）

夏雨蝉

烈日吊苍穹，歌声振耳聋。
翠林急雨洗，乐队早收工。

（2022.6.29）

第三艘航母下水

厚礼又添迎盛会，电弹航母下汪洋。
黎元微信洗板爆，闷雷一记震列强。

（2022.6.25）

堤岸孪生树

近观双绿柱，远望两娉婷。
媲美相随伴，风姿影入渟。

（2022.5.16）

欣闻友人自我隔离结束

信号弹窗指令书，苦攻科目是宅居。
盼来结业今天到，立马重回解放区。

（2022.5.1）

社区见闻

昨日核酸检测声，长龙口罩雨中行。
今朝彩信传阴字，顿感春光分外明。

（2022.4.28）

祭双亲

又到清明思逝者，万般惆怅泪沾巾。
心花快递云端送，面向南天祭本亲。

（2022.4.5壬寅年清明节于京城）

诗社趣事

诗坛宗旨最亲民，互勉切磋汇聚人。
八秩蓑翁求教去，惹来四座笑声频。

（2022.3.26）

诗社雅韵

贯耳经年咬韵声，霜华满鬓忆征程。
殿堂弹奏阳春调，袅袅余音似鹤鸣。

（2022.3.24）

诗社是个家

平仄推敲风雅地，东篱闲者认新家。
耕夫听蹭东窗外，不觉高天日照斜。

（2022.3.22）

喜　雪

天公施法术，银粟盖京华。
陇亩耕夫立，轻歌对碧霞。

（2022.3.18）

38

无　题

（打着先慈留下的雨伞雪中行偶感）

倒灌春寒瑞叶①飞，出行雨伞显神威。

是谁为我遮风雪？惆怅无穷泪染衣。

（2022.3.17）

注：①瑞叶是雪花之雅称。

虎雪送惊奇①

盛传玉蕊逛京畿，夤夜难寻白絮飞。

拂晓开轩庭院眺，始觉银粟送惊奇。

（2022.2.13）

注：①壬寅年正月十三，大雪袭京，来势虎猛，紫气东来，先兆丰年。
笔者称此场雪为虎雪。

谷爱凌夺魁赞①

百丈天台瑞气盈，巾帼环视雪皑城。

倏然一跃苍穹上，引爆如潮赞叹声。

（2022.2.8）

注：① 2022 年 2 月 8 日，谷爱凌摘得北京冬奥会自由式滑雪大跳台金牌。这是谷爱凌的首枚北京冬奥会奖牌，也是北京冬奥会中国队第三金。

速滑夺首金①

冰雪穿梭似燕飞，矫捷身段汗湿衣。

经年苦练终得报，满面春风载誉归。

（2022.2.6）

注：① 2022 年 2 月 5 日，北京冬奥会短道速滑混合团队接力决赛，中国队夺冠，获得本次冬奥会上中国队的首枚金牌。

袖珍盆花

温文娇小坐厅堂，总爱殷勤溢暗香。

莫道矜持多羞怯，且看领衔唱春光。

（2022.1.28）

瑞 雪

寒流巡赤县，鹅羽舞京畿。
直把耕夫乐，朝夕正盼祈。

（2022.1.23）

排律 荆楚战"疫"歌

瘟疠袭荆楚，彤云蔽碧空。
闾阎多错愕，市井备慌忡。
帷幄军威立，九州响应同。
驰援车滚滚，急救步匆匆。
戎伍捷足劲，悬壶妙手功。
火雷添虎翼，库仓显神通。
病患呈康泰，白衣绽笑容。
英雄拼险境，黎庶守樊笼。
坚毅风骨凛，仁心笃信忠。
陟职褒俊杰，罢黜挞平庸。
拐点行将至，疫期必有穷。
严防须缜密，警戒莫懈松。
孽虫烟灭日，龟蛇唱大风。

（2020.2.29）

排律　三大战役歌

——写于"八一"建军节之际

狼烟辽沈起，满眼尽苍黄。
东野①出拳狠，敌军吠叫狂。
塔山兵惨烈，锦市②寇仓皇。
副手当俘虏，③领头走落荒。④
壮士驱妖雾，苍生见太阳。⑤
放歌宣奏凯，筑塔祭国殇。⑥
帷幄多谋略，敌营盛酒囊。
柏坡颁战令，徐州⑦缴钢枪。
击毙邱家客，生擒杜某郎。⑧
麦城骄将走，绝地败兵藏，
江北飞捷报，金陵悚灭亡。
平津铺地网，建业畏枪伤。
司令笼中鸟，喽啰网里蝗。
偷袭成笑柄，⑨悔恨断肝肠。
忽报津门陷，⑩犹哀前路茫。
共军帮切脉，宜生⑪领单方。
撷取言和鉴，⑫折射智慧光。
举世同称誉，津津乐道长。

注：① 东野：即共产党领导的有着广泛群众基础的东北野战军。

② 锦市：即锦州，辽沈战役关键是锦州。

③ 副手当俘虏：国军东北"剿总"副总司令范汉杰于 1948 年 10 月 15 日被俘；10 月 21 日，"剿总"副总司令郑洞国率残部放下武器。另，郑洞国属下国军 60 军军长曾泽生于 10 月 17 日率部起义，接着新七军于 10 月 19 日投诚。

④ 领头走落荒：国军东北"剿总"总司令卫立煌于 1948 年 10 月底从沈阳乘飞机逃走。

⑤ 苍生见太阳：1948 年 11 月 9 日，东北全境解放。

⑥ 筑塔祭国殇：辽沈战役革命烈士塔（位于锦州市凌河区烈士陵园内）于 1957 年 11 月 2 日建成。

⑦ 徐州：国军重点死守之地。

⑧ 击毙邱家客，生擒杜某郎：1949 年 1 月 6 日，华东野战军发起对杜聿明部的总攻，于 1 月 10 日全歼邱清泉、李弥两个兵团约 20 万人，俘虏国军"剿总"副总司令杜聿明，击毙邱清泉，李弥逃脱。

⑨ 偷袭成笑柄：1948 年 10 月 23 日，傅作义按蒋介石命令偷袭石家庄和西柏坡中共中央机关，企图以此挽救其败局。由于中共地下组织出色的情报工作，该偷袭计划很快被毛主席、党中央掌握。蒋、傅图谋宣告失败。

⑩ 忽报津门陷：1948 年 11 月 29 日，东北、华北人民解放军发起平津战役。1949 年 1 月 14 日对天津发起总攻，15 日全歼国军 13 万人，俘天津警备司令陈长捷，天津解放。塘沽国民党守军乘船南逃。孤守北平的傅作义部 25 万人完全陷入绝境。

⑪ 宜生：傅作义，字宜生。

⑫ 撷取言和鉴：1949 年 1 月 21 日，傅作义与解放军签署《关于和平解决北平问题的协议》。1 月 31 日解放军进驻北平城，北平宣告和平解放。

（2021.8.1）

忆伦敦学车

心神专注望前方，绕巷穿街在异乡。
习艺挂牌时日久，闯关破阵路途长。
捷报传递齐欢笑，清醴筛出共举觞。
执照领得生感慨，逸闻撷取半箩筐。

（2022.10.15）

43

和 G 君《梅花泪》

冷香庭院锁清幽，不禁伤怀蜡泪流。
待到江城瘟疠散，阳光普照解千愁。

（2020.2.18）

"幸运日"①

病室今天幸运传，白衣欢送到楼前。
感恩患者深深拜，意切情真泪涌涟。

（2020.2.15）

注：①江城医院的患者把痊愈出院日称作"幸运日"。

六中全会赞

（诗社联诗会，领得"长"字吟诗）

辛丑玄冬正艳阳，帝都盛会奏华章。
讴歌勋业千言短，回望征途百年长。
十点总结齐赞许，两个确立共称扬。
奋飞勠力开新宇，依旧初衷续炜煌。

（2021.11.16）

惯贼新恶迹①

西寨惯贼新恶迹，遣星窜犯世人诛。
流氓耍到苍穹去，岁月沉疴救药无。

（2022.1.2）

注：①美国的两颗卫星先后于 2021 年 5 月和 10 月靠近我国的空间站，对我国空间站及空间站中的宇航员的安全造成极为严重的威胁，我国空间站不得不进行两次紧急避碰。

和秋常君鸟巢诗

魔建发飙在兴头，创新守正领潮流。
推出雅舍重叠式，饮誉京畿吊脚楼。

（2021.12.25）

麻雀之殇

华盖当头胆战惊，狼烟忽报祸端生。
昨昔朋友相安礼，今日仇敌恐吓声。
丁壮荷枪追溃阵，垂髫击鼓撵逃兵。
沧桑历尽东山起，孰是孰非任品评。

（2021.12.17）

大雪无雪

早备墨毫吟玉蕊^①，岂知空盼伪佳期。

爽约为甚他方去？不肯屈尊入我诗。

（2021.12.11）

注：①玉蕊是雪花的雅称。

阳台长寿花

头罩红纱黛绿身，惊疑仙女下凡尘。

艳妆出镜弹金曲，鸣谢春光片片恩。

（2018.2.28）

盆景长寿花

端庄华贵倚窗棂，雅艳青衣缀赤星。

不老之歌君领唱，满堂吉庆备温馨。

（2021.12.8）

阳台韭菜

绝活高手绿衣翁，运气凝神练内功。
此日牛刀新小试，断腰又长景盆中。

（2021.12.3）

孙氏门第

府上门牌仰止高，螽斯衍庆众言褒。
竹林挺秀生兴旺，兰桂腾芳蕴自豪。

（2021.11.24）

戏和孙氏二君

高人出众见识高，满腹经纶气自豪。
且看二君峰顶仁，岳宗不敢长厘毫。

（2021.11.23）

手电筒

白天合眼惯贪床，夜里激情绽聚光。
天性基因崇奉献，胆肝可鉴冇私藏。

（2021.11.22）

戏说借邻韵

入韵成功巧借"君"，岂知此客是相邻。
离群孤雁出格律，落个窝囊负债人。

（2021.11.17）

街头即景

快递三轮遍地停，手机阵阵响銮铃。
小哥送货春风面，应晓商楼苦念经。

（2021.11.15）

平仄趣谈

良久沉吟得半阕，犹知音韵费精神。
若无平仄烦心事，立减骚人苦与辛。

（2021.11.15）

柿　子

小球圆润赛灯笼，点缀枯枝舞朔风。
佳品缘何甜似蜜？冰肌青女①显神通。

（2021.10.25）

注：①青女是霜的别名。霜打过的柿子分外甜。

泳坛新秀全红婵

豆蔻轻盈淡赤衣，天台扎猛燕疾飞。
亮出钻水无飘溅，俄顷头筹定属归。

（2021.10.5）

摘星星（两首）

一

壮行为母喊加油，稚手纤纤抹泪流。
此去天宫途邈远，星星撷取快回头。①

（2021.10.30）

二

勇士出舱瞰绛河，姮娥迎迓舞婆娑。
妞妞微信追询迫，摘得星星有几箩？

（2021.11.10）

注：①女航天员王亚平答应为五岁的女儿上天摘星星，出征时女儿哭着喊"妈妈，加油！"场面非常动人。

晚舟平安归来

羁押千日众担忧，正气一身总仰头。
贼寇终究撑不住，大鹏①欢唱晚归舟。

（2021.10.2）

注：①大鹏指鹏城，深圳的别称。

孟秋暴雨

金乌眯笑正灿烂，爬杈①缘何早下班？
忽见雨脚踢煽猛，错嗔乐队爱偷闲。

（2021.8.30）

注：①爬杈者，蝉也。

舞　龙

大师晃臂唤天空，俘虏围观几老童。
惊叹凡尘藏绝技，变出不霁卧长虹。

（2021.8.23 于延庆）

杨倩勇摘首金①

巾帼今日写传奇，折桂东瀛四海知。
嘹亮国歌回荡处，豪情万丈展英姿。

（2021.7.24）

注：① 2021 年 7 月 24 日，在东京奥运会女子 10 米气步枪决赛中，中国选手杨倩以 251.8 环摘取金牌。这是中国奥运代表团在东京的首金，也是东京奥运会产生的首枚金牌。

荷　花

荷塘雨霁气清新，出镜名伶羡煞人。
容貌缘何惊落雁，洁身自爱不沾尘。

（2021.7.21）

夏日午休

白驹滚碧空，困眼耄耋翁。
一枕金蝉鼓，悠然入梦中。

（2021.7.19）

《鹤鸣》^①问世

期颐党庆咏吟声，舞动诗坛最尽情。
仙羽^②放歌惊四座，顿飙纸价洛阳城。

（2021.7.16）

注：①《鹤鸣》是诗社的刊物，2021年7月创刊，系诗社向百年党庆
奉献的一份大礼。
②仙羽是鹤的别称。

入 伏

火燎周天热，浑身汗雨流。
感恩耕作者，盘里莫残留。

（2021.7.11）

宇航员出舱作业

英雄缓步摩星月，梓里华邦唱大风。
足迹铭镌新壮语，龙人筑梦到苍穹。

（2021.7.4）

餐厅机器人

都城食肆客盈门，惊现殷勤小弟昆。
敢问先生家住处，金童遥指创新村。

（2020.1.18）

题 G 君雪景照

小寒启动进京游，乐见幽篁盖絮球。[1]
欣喜耕夫倏想起，扩仓计划早筹谋。

（2020.1.6）

注：[1] 2020 年 1 月 6 日是小寒，京城普降大雪。

霜降观红叶

岚烟鲜入瘦林间，沟壑新停细水潺。
应信朔风权势大，指拨枫火罩西山。

（2020.10.23 庚子年九月初七霜降）

游京郊别院

（组诗，七律四首，新韵）

一、春光

阳春昂首到京东，兴奋啼莺与嫩虫。
樱蕊含情争艳丽，桃花抢眼夺头功。
槐撑新绿沾甘露，柳绾吟鞭醉煦风。
倾雨喷泉翻作浪，弄潮锦鲤碧池中。

（2007.4.22）

二、夏景

高悬红日瞰京东，热浪何曾进夏宫？
竹曳清风抛幻影，花含芳气惹黄蜂。
放歌云雀幽篁里，曼舞蜻蜓浅凼中。
知了轻弹欢乐曲，亭台凭眺几耆翁。

（2005.7.7）

三、秋色

休闲秋日访京东，目送白云上碧空。
芦苇萧萧摇冷气，菊花淡淡笑商风。
钓台俘虏持竿客，芳径招徕策杖翁。
绿水环山岚雾浅，同春四海乐融融。

（2004.10.20）

四、冬韵

寒流蹲点在京东，蟋蟀新停练唱功。
鸵鸟昂头飙冷舞，斑鸠摆尾赞隆冬。
回廊静谧心生悚，球室喧腾耳欲聋。
过客笑评"晴亦雨"，耕夫关注雪和风。

（2004.12.16）

白洋淀

轻舟泛浪水泠清，芦苇深深远客迎。
倭寇当年魂断处，耳边回响雁翎声。

（2020.10.2）

双节夕照

国庆中秋同步至，山河无恙喜连连。
人间穹碧同欢乐，烈焰烧红水与天。

（2020.10.2 于白洋淀）

国庆广场花坛

横空出世非凡响，华贵雍容广场间。
笑语欢声花海里，京城满目尽斑斓。

（2020.9.28）

贺《怀玉堂吟稿》付梓

才华横溢者，赢取众称奇。
力作成书日，中京纸贵时[①]。

（2020.6.22）

注：①洛阳古称中京，中京此名自东晋时期一直被沿用至盛唐。

画虎类犬

——戏和孟君《画虎成猫》

秋分时节雨丝丝，梦入春风昨夜吹。
陈虑纠结挥不去，应知心病可求医。

（2020.9.25）

附老孟原玉：

画虎成猫

——学宋方诗

秋分时节雨丝丝，梦入春风昨夜吹。
枕上无眠追往事，深知心病最难医。

壮歌一曲颂英雄

疫魔肆虐趁寒风，荆楚街衢顷刻空。
鏖战军团情势迫，驰援兵马党旗红。
白衣奉献镌经典，雷火①传奇叹匠工。
动地感天惊世举，壮歌一曲颂英雄。

（2020.2.11）

注：①雷火系指以"中国速度"建成的火神山医院和雷神山医院。

58

庚子元夕感怀

今夜冰轮照冷清，万家思绪总江城。
飞廉终会驱霾去，还我神州月更明。

（2020.2.8）

花雪共咏

纷飞银粟舞京畿，瘦树万千秀皎衣。
居室盆栽来助兴，隔窗共咏早春归。

（2020.2.6）

白衣战士赞

江城瘟疫透肌肤，医护驰援走逆途。
每在危难惊险处，由衷竖拇赞悬壶。

（2020.2.2）

华邦卉圃尽嫣然

——听报告会有感

睿智深沉似大川，动听故事若甘泉。

激情唤起冲天劲，汗水迎来喜庆年。

西寨藩篱堪暗淡，华邦卉圃尽嫣然。

奋飞战鼓新敲响，不负韶光勇向前。

（2020.1.2）

柿子抱枯枝

枯枝披挂赤红球，直教游人猛举头。

大赛耐寒今又到，数君此日最风流。

（2019.12.11）

共享单车

轱辘红绿遍华京，满目哪吒闪电行。

称赞惠民新举措，尤应自律讲文明。

（2017.3.26）

看网步圩照片偶感

（笔者儿时曾居住家乡邻近的阳春县圭冈镇网步圩。日前舍弟发来网步圩的照片若干，照片把笔者带回到75年前的情景，很是兴奋，感慨良多）

孩提印象总殊深，记忆尘封此处寻。
近岫含情知故客，远岑着意护层林。
老屋破旧传神韵，新宇豪华奏雅音。
陵谷变迁说往事，乡愁萦绕我童心。

（2019.12.18）

题 G 君冬景照

顶上危楼挂线丝，几疑仙子降传奇。
激情最是痴骚客，得意吟来梦幻诗。

（2019.12.8）

和老孟《危巢》

北风发力灌严寒，提速冬藏未下鞍。
劳苦营生心坦荡，傲骨二字嵌枝端。

（2019.12.1）

鸭报冷暖

白袍赤嘴哥，体硕影婆娑。
夜寐蹲宅地，晨兴荡绿波。
观天巡院落，探水涉城河。
风雨兼程路，歌声若响锣。

（2019.11.27）

题关君眼镜湖秋景照

朔风魔术写传奇，苍黛悄然挂彩旗。
调用南湖石拱架，衔接西岭叶岩基。
半边眼镜撩天乐，一幕蓬壶令客痴。
王母娘娘当诧异，凡尘复制我瑶池？

（2019.11.18）

戏题护树越冬照

削发包身驻冷营，强筋壮骨启征程。
来春健魄怡游客，报答园丁片片情。

（2019.11.16）

62

初冬银杏树

披挂金袍展艳姿，八方游客尽惊奇。
寒流神笔悄悄写，情意浓浓满树诗。

（2019.11.11）

毒　蚊

蚊孽惊魂看叶红，运交华盖打寒风。
从来积恶终须报，乐见俘擒坠土中。

（2019.11.7）

老童相聚

皓首童心似镜明，春风满面喜盈盈。
往昔披甲双肩重，今日归田百事轻。
期许放声歌米市①，相约潇洒逛茶城②。
赋闲回首平生路，说到初衷最动情。

（2019.10.30）

注：①米寿是88岁，"歌米市"寓意88岁庆生活动。
②茶寿是108岁，"逛茶城"寓意108岁庆生活动。

悭 雨

庭院甘霖洗叶黄，老夫静睇倚东房。

欲吟忽见轻丝①断，我欠诗兄字两行。

（2019.11.2）

注：①轻丝是细雨的雅称。见宋代周邦彦《少年游·朝云漠漠散轻丝》。

戏题模拟飞天照

吴刚倒屣迎新客，笑问如何上月宫。

来者从头说故事，惊呼科技力无穷。

（2019.10.28）

泰山咏

恒岱嵯峨刺雾涛，风骚独领自英豪。

威严无上惊天宇，众岳称臣不敢高。

（2019.10.28）

步孟君《天律》韵

寒来暑往雁先知，一字飞天动地诗。
落叶飘摇林渐瘦，朔风妙手绘枯枝。

（2019.10.25）

附老孟诗友原玉：

天 律

秋冬交替鸟先知，北雁南飞一字诗。
凛冽寒霜凋碧叶，急风掠过见秃枝。

（2019.10.25）

深秋"湿地蛙声"①景点（两首）

一

湿地乐团堪敬业，炎节擂鼓震天鸣。
老翁游兴忽时序，信步幽林觅叫声。

二

戏班技艺口碑传，皓首童心到渚边。
恰逢师徒长假去，聆听仙乐待来年。

（2019.10.11）

注：①"湿地蛙声"景点在通州大运河森林公园里。

戏言观棋

关公秦氏①各登轩，虎视眈眈破阵门。
炮火纷飞兵马损，围观木讷未开言。

（2019.10.18）

注：①关公即是关羽，三国时期蜀国大将。秦氏系指秦琼，隋末唐初大将。两人相隔数百年，怎么可能相遇呢？侯宝林先生说的相声《关公战秦琼》，是讽刺不懂装懂、爱瞎指挥的人。博弈者以关公战秦琼为口头禅，是为增添乐趣。

读彩川君《自强》偶感

西风多变幻，来去总无常。
东域敖仓满，任凭热与凉。

（2019.9.23）

附彩川诗友原玉：

自　强

西风变脸快，一夜知秋凉。
雨雪实难测，御寒必自强。

诗痴（新韵）

桂魄窥窗雅兴飞，腹中缺墨笔难挥。
谋篇取舍一千次，立意推敲五百回。
冥想遣词竭脑力，苦思造句锁庞眉。
枯肠索尽无头绪，呆看浮云赶月追。

（2019.9.2）

咏 竹

千竿体态柔，风进惯摇头。
平顺天天报，康安岁岁求。
虚怀心地阔，直耿品行优。
逸兴骚人涌，华章滚滚流。

（2019.8.3）

无 题

当午耋翁锁院庭，临溪杖履觅清泠。
劲蝉远走他方去，留守黄鹂伴寿星。

（2019.7.29）

戏说鸣蝉

乐团避暑靠堤岑，总在晨曦抚瑟琴。
中午拒弹消夏曲，羞听备取①唱清音。

（2019.7.26）

注：①备取系指将要"转正"上岗的鸟儿。

迎迓大暑

洗尘昨夜雨纷纷，今日骄阳扫淡云。
冷饮囷足凉椅坐，静心恭候热将军。

（2019.7.23）

初 荷

嫩娇出镜满天星，洒向人间总是情。
借得朝晖掌绿伞，助推气正复风清。

（2018.5.11）

和郭君《小雨遐思》

淫雨霏霏遍地流，淙淙渠水到田头。
耕夫佩戴巡逻镜，警惕谁人敢占留。

（2017.3.24）

附郭秋常诗友原玉：

小雨遐思

小雨如丝落地流，千寻百转汇源头。
农夫盼水频翘首，不晓层层被截留。

冰雪龙潭

夏初堤柳撩清水，冬至湖段晒雪花。
此地名声新鹊起，喧腾潭底舞烟霞。

（2017.12.22 冬至）

拜读安君《八十感怀》有感

而今八秩怎奇稀，满鬓堆霜话往时。
劳瘁奔波无怨悔，长年羁旅未迟疑。
操戈戎马思方略，解甲休闲睇翠微。
喜看华邦花正盛，耋翁醉笑对晨曦。

（2018.2.12）

和郭君《打油诗》

穷冬盛办诗坛会，仄仄平平总是情。
摇头晃脑敲音韵，众口讴吟梦复兴。

（2017.1.7）

附郭天禄诗友原玉：

打油诗

岁寒热议平仄声，求真捻须总是情。
方惊兼程多风雨，便有凌绝五霞明。

和蔡传《借东风》

朔风呼喊叶茎萧，万箭纷飞忆魏曹。
浊气而今多逞性，孔明仗义使绝招。

（2017.12.7）

附蔡传诗友原玉：

借东风

冰封湖面万荷销，乱箭千重异想遥。
赤壁草船诸葛计，东风不助岂赢曹。

寒秋咏

一轮奔晷①照京畿，献艺林园幻术师。
妙变金箔飘树满，游人醉意睨新奇。

（2017.10.29）

注：①奔晷乃太阳之别名。

树上鸟巢

岁

月

如

画

结庐择处在云端，沐浴风霜与暑寒。
夙夜蓬门弗挂锁，清白赢取四时安。

（2021.3.9）

冬日树上鸟巢

族氏图腾瘦脚楼，春秋几度睨沉浮。
透风四壁无尘秽，最是洁身解百愁。

（2022.12.2）

风　筝

纸鹞轻盈探碧空，弄潮兴致正酣浓。
心联大地根基固，云雾翻腾不迷踪。

（2017.3.14）

丁西贺春

（诗友同题联唱，步"林、音、心、金"韵）

引颈金禽唱岁新，朝晖轻捋瘦山林。
阳春有脚①生祥瑞，大地无垠播雅音。
舟竞须凭齐用力，梦圆有赖共连心。
艄公指令风帆挂，彼岸光辉灿若金。

（2017.2.13）

注：①阳春有脚，亦作有脚阳春，典出五代王仁裕《开元天宝遗事·有脚阳春》。（唐朝宰相）"宋璟爱民恤物，朝野归美，时人咸谓璟为有脚阳春，阳春言所至之处，如阳春煦物也。"

悼念朝夕诗友

昨夜晴空虺虺频，高兄驾鹤泪沾巾。
朝夕①吟咏成回梦，长使诗坛忆故人。

（2017.3.20）

注：①朝夕是老高诗友的笔名。

龙潭春潮

煦风着意白云飘，万盏红灯秀树梢。
瑞犬汪汪声渐近，龙潭暗抢涌春潮。

（2018.2.12）

春日雨加雪

白絮迟来秀帝京，变身上演水黏棋。
老童眯眼临窗看，雨线深深锁院庭。

（2018.4.4）

春　雷

漫天飞六出①，喜信自华京。

盛会听春雷，欢呼习近平。

（2018.3.17）

注：①六出是雪花的别称。典出《幼学琼林》："雪花飞六出，先兆丰年。"因雪似花瓣分为六片，故称为六出。

北京拉洋片①

欢乐红衣晒唱功，木箱古韵闹神通。

几名稚子窥黑口，醒目招牌曳煦风。

（2018.3.10）

注：①拉洋片又名西洋镜、西洋景（外文名为 rarer-show）。据《现代汉语词典》解释，它是"民间文娱活动的一种装置，若干幅画片左右推动，周而复始，观众从透镜中看放大的画面。画片多是西洋画，所以叫西洋景"。西洋景（西洋镜）一词"比喻故弄玄虚借以骗人的事物或手法"。据称，拉洋片源于唐代，清末由河北传入北京，属中国非物质文化遗产。现而今，北京拉洋片已基本绝迹，仅有少数爱好者在庙会时从事此艺。

初冬村学晨景

——次韵蔡君诗《逐日》

冬昀有脚减寒凉，黉舍歌声气荡肠。
岚晓轻扬弹翠柳，朱霞靓丽舞朝阳。

（2017.12.4）

初春看青松（孤雁入群体①）

去年今日又一春，遒劲刚直最感人。
依旧风姿霜雪后，凛然正气立昆仑。

（2018.2.23）

注：①格律诗的最后一句借用邻近韵部的字作为韵脚的，称为孤雁入
群体。

步G君《春气》韵

活力春阳吊半空，藏猫误入混浊中。
湖边倒影朦胧戏，止步围观几醉翁。

（2017.2.16）

步韵奉和马社长《新年抒情》

汪汪金犬到，时序续沧桑。

华夏开新宇，神州唱自强。

攀峰前景秀，追梦路途长。

擂响同心鼓，激发热与光。

（2018.2.18）

附马社长原玉：

新年抒情

转瞬更一岁，天地续沧桑。

乱世创中变，新华富向强。

圆梦情切切，登顶路长长。

白发初心在，夕阳自发光。

春　风

大师身隐进园中，轻捋秃枝暗运功。

凭借此身真本事，年年草木尽葱茏。

（2018.2.24）

地坛庙会行（组诗七首）

一

戊戌春早绮霞升，庙会神坛喜气盈。
赤炽红灯摇瘦树，光鲜彩带缭高棚。
千人拥挤声难辨，百口争鸣耳乱嗡。
欢乐祥和京韵足，视觉盛宴尽欢腾。

二

岚烟缥缈轻功秀，云彩多姿舞大圆。
瑞犬光临生紫气，金禽惜别话丰年。
巨轮破浪八千浬，神箭穿天数万旋。
待到明春君去国，续评华夏谱新篇。

三

烤烧漏冒诱魂香，罗网馋猫上百千。
俘虏买单拔腿去，大厨憨笑对青烟。

四

高汤大镬炊烟袅，食客欣然付了钱。
海碗浓霭遮脸面，口福尽享看容颜。

78

五

父亲肩上坐幼皇，阳春微服巡四方。

万机虽说未曾理，已晓江山似金汤。

六

胖墩酷爱饮甜汤，老窦发声少吃糖。

奶奶善心眯眼笑，乖孙肥嘴放高腔。

已到金乌攀绝顶，树丫碎影舞蹁跹。

蓦然仰首观苍宇，惊见朱球①坠九天。

注：①朱球是指瘦树上的大红灯笼。

七

八秩老童心稚幼，但逢热闹总趋前。

帝京庙会圈圈逛，发展传承瞅亥年。

（2018.3.15）

步孟君《夜读》韵

圣人最爱易经书，三断韦编反复读。
激励后人锥刺股，夜阑蜡炬照身孤。

（2020.8.6）

附老孟原玉：

夜　读

冀希财富五车书，竹简盈床发奋读。
诗书苦心甘自愿，纱窗透月野村孤。

立秋即景

秋光初照靠山城，鼎沸东畴早市声。
劳碌田夫阡陌上，一襟烟霞噪蝉鸣。

（2020.8.17）

在黑白人雕像前留影（新韵）

赤日炎炎进僻城，密林疏影峪风清。
盎然意兴哼凉曲，白褂青衣侧耳听。

（2020.8.17）

题公园雕塑"德蕴清风"

宝石空降到园中，传递修身养性功。
犹赞龙人追梦志，精神物质两昌隆。

（2020.8.25）

足　迹

前行留脚印，阅历两行诗。
平坦舒心调，曲折励志词。
顺风堪益友，逆境亦良师。
绿蚁东篱煮，豪情忆往时。

（2020.8.30）

延庆火车站

哪路神仙施法术，呼风平地舞绫绸。
若非向导夸精彩，老叟几疑看蜃楼。

（2020.9.8）

疫情降级

足禁凭窗静，犹窥暗雾飘。
忽闻瘟疠散，澎湃我心潮。

（2020.5.6）

看群鸟啄食偶感（新韵）

院落多时少客宾，孰将黍稷洒石墩？
灵禽集聚共饕餮，羡煞宅居口罩人。

（2020.4.30）

天气预报不准确

喜报甘霖降陌阡，耕夫兴奋夜难眠。
谁知计划多多变，膏雨失职逛大川。

（2021.4.23）

玉兰树由红变绿

昨日赤袍飙艳丽，今朝蓝褂展轻盈。
换角意在添春色，答谢韶光款款情。

（2021.4.9）

龙爪槐

苦心练就弯曲术，猴气一身缀介鳞。
信手推出绝艺戏，藏针绵里愕游人。

（2021.4.5）

玉渊潭樱花

暖煦东君沐茂英，暗香撩逗咏春莺。
诱人信息传无胫，十万天兵打卡声。

（2021.4.3）

黄尘袭京

浊霾肆虐几时休，昏暗深藏对岸楼。
壮语除污犹在耳，决心断腕待从头。

（2021.3.15）

野菜老鸹筋

似曾相见在丛林，往事勾连泪染襟。
庆幸而今光景好，春风弹响遣贫音。

（2021.3.7）

脱贫大会感赋

京阙春早沐和风，盛会激昂遣苦穷。
寒士飞歌惊碧落，镰锤旗帜映天红。

（2021.3.1）

元夜有记

银球鼓气借汤开，不速清辉眖灶台。
忽嗅桂花香暗溢，莫非吴氏寄醇来？

（2021.2.26 辛丑年元夕夜）

题 G 君灯笼照（孤雁出群体①）

天台隐筑淡云低，巧借飞廉秀舞姿。
岂料欲吟风霎停，笑嗔欠我两行诗。

（2021.2.20）

注：①韵脚姿诗二字属"四支"，但低字却属"八齐"，因此，这首小诗成为"孤雁出群体"。

古风　犇咏（组诗三首）

一

朝阳神笔抹天红，鬐"孺"挂角进峋冲。
燕"子"衔泥报春暖，金"牛"出镜趁东风。

86

二

凿石穿山耳欲聋，新径开"拓"热潮中。

应信野"荒"变沃土，且看丑"牛"显神通。

三

一轮红日滚长空，垄头围观几"老"童。

大牢丈量薄"黄"土，感动山庄爱"牛"①翁。

（2021.2.15）

注：①大牢者牛也。明朝李时珍《本草纲目·兽一·牛》："［牛］，《周礼》谓之大牢。牢乃豢畜之室，牛牢大，羊牢小，故皆得牢名。"

犇 咏①

（辛丑牛年新春，诗社举办办云上赛诗活动。主题：牛年吉祥。形式：五律或七律，押韵《平水韵》"七阳"）

惯于祖辈住村庄，勤奋憨实世代扬。

情愿折腰为稚子，心甘挥汗侍蚕桑。

破石推土拓新径，运木搬砖筑廪仓。

欣逢轮回辛丑岁，犇蹄声韵唱吉祥。

（2021.2.13）

注：①而今"犇"字添新意，"犇"者即"三牛"：孺子牛、拓荒牛、老黄牛。三位一体。

寿花迎春

艳妆出镜态轻盈，细辨春姑步履声。
点赞时节崇守信，如约每岁到京城。

（2021.2.3 立春）

嫦娥五号凯旋[①]

嫦娥探月腾云去，玉兔忽闻步履声。
淑女此行惊世举，捎回厚礼动京城。

（2020.12.17）

注：①"胖五送嫦五，奔月去探月"。2020 年 11 月 24 日 4：30，长征五号遥五运载火箭在文昌航天发射场点火升空，顺利将嫦娥五号探月器送入预定轨道，开启我国首次地外天体采样返回之旅。12 月 1 日 23 时许，嫦娥五号探测器成功地在预定的月球正面地域着陆。12 月 3 日 23：10，携带约两公斤月壤样品的上升器成功起飞并进入预定的环月轨道。这是我国首次实现地外天体起飞。起飞前，在月面独立展示中国国旗。12 月 17 日凌晨 1：59，嫦娥五号顺利返回祖国，功德圆满。

枯藤逢春

减肥冬日架为家，笑傲罡风惯俯爬。
闻讯晴川瘟疠散，须臾连吐几新芽。

（2020.4.3）

清　明

庚子正是雨纷纷，思绪萦回祖上坟。
悲泪两行哀逝者，心花一束祭先人。

（2020.4.4）

体温枪

朴厚玲珑素色身，迎来送往应酬频。
耿直面对八方客，只吐真言莫认人。

（2020.3.25）

认人难

——疫期小区轶事

踯躅独自径清幽，应是同侪住北楼？
轻唤阿谁招手去，闻声木讷慢摇头。

（2020.3.20）

点赞巾帼拳王（两首）

一

悍强气势形虹吞，霹雳搏击鬼断魂。
栏外劲猜伯与仲，铁拳一记定乾坤。

二

铁人稳步跨绳栏，气场压人镇赛坛。
一举夺魁齐赞叹，学拳还是到邯郸。

（2020.3.11）

新版"礼节"

——疫期社区一瞥

静心留守旧宅中，凭牖闲窥奋翅鸿。

出外封唇颊紧捂，归来启户气流通。

盛行哑语传心意，常以凝眸代笑容。

待到瘟神逃遁去，砸"冠"复礼与昨同。

（2020.3.8）

方舱休舱

（3月1日，江城硚口武体方舱医院宣布，随着34名康复的患者出院，该医院将进行休舱处理，不再接收患者。3月6日，另一方舱医院也宣布休舱）

方舱医院要休舱，患者康复负算囊①。

病友感恩回故里，白衣何日返家乡？

（2020.3.6）

注：①算囊，装物品的袋子，此处指行囊。

天问一号登陆火星①

祝融初访火星球，喜信倏传遍九州。

恰遇红船一百岁，华邦此日最风流。

（2021.5.15）

注：①我国天问一号着陆巡视器所携带的祝融号火星车及其着陆组合体于 2021 年 5 月 15 日 7：18 成功着陆火星乌托邦平原南部预选着陆区。我国成为第二个成功着陆火星的国家。这是我国航天事业发展的又一具有里程碑意义的进展。

无题（新韵）

败类阴毒撰道听，博得西寨吠狂声。

背宗忘祖千夫指，耻辱桩头印骂名。

（2020.4.28）

紫 薇①

嗜睡周天冷，梳妆沐暖阳。

夏秋出镜艳，奔放唱华章。

（2020.4.25）

注：①紫薇，又称紫金花、百日红、满堂红，花期在夏秋（6月至9月），花色艳丽。

世界读书日^①

疫期静坐芸窗客，手捧闲书阅古今。
挂角负薪勤探索，囊萤映雪细沉吟。
琢璞反复出精品，遣韵推敲谱雅音。
每在焚膏尝苦乐，自华气质养身心。

（2020.4.24）

注：① 2020 年 4 月 23 日是第 25 个世界读书日。

居家盆栽（新韵）

斗室盆栽溢暗香，伴吾镇日守芸窗。
鲜花灵性知人意，静待瘟神遁落荒。

（2020.4.20）

谷　雨

赴约甘霖在夜间，黎元快步看窗前。
耕夫欣喜难安睡，早已心思到陌阡。

（2020.4.19）

闻歌起舞

——题红白海棠花盛开图

忽闻黄鹤尽欢鸣，传递江城解冻^①声。

借取荆音来伴唱，红衣白褂舞京城。

（2020.4.8）

注：①解冻即解封，自 2020 年 4 月 8 日零时起，武汉解除离汉离鄂通
道管控措施，有序恢复对外交通，离汉人员凭湖北健康码"绿码"安全有序
流动。这标志着武汉战"疫"取得了阶段性重大胜利。

丁香树花开花落

惟君魔术最传神，脱去白袍秀绿身。

献艺只为酬过客，韶华不负意情真。

（2020.4.14）

春 光

远岑闲抚隐琴弦，奋翼鹍鹏舞岳巅。

坐^①爱驻足丹树艳，巨烛红染半边天。

（2020.4.10）

注：①转句中的"坐"字作"由于"解。

北京世园会

妫川静静蜚声起，聚拢游人若众星。
览胜阁前吟览胜，云屏松下唱云屏。
艺园华夏缤纷曲，丝路邦国异彩经。
千翠倾情讴绿韵，繁英竞放尽温馨。^①

（2019.7.15）

注：①览胜阁即"永宁阁"（1号景点），云屏即"百松云屏"（7号景点），艺园华夏说的是"中国馆"（主场馆），丝路邦国说的是"国际馆"（主场馆），千翠即"千翠流云"（9号景点），繁英竞放说的是"万芳华台"（6号景点）。

荷塘蛙鸣

巧借蟾宫洒彩光，绿衣歌手唱荷塘。
清音缭绕云霄上，感动苍天送夏凉。

（2019.7.12）

听蝉（新韵）

团队深居翠柳中，清规几许避顽童。
潜心义演藏猫戏，只放清音未露容。

（2019.7.9 于延庆）

戏言小暑降雨

玄液殷勤洒翠篱，桑拿退市举白旗。
进京小暑施凉意，乐使村夫唱颂词。

（2019.7.7）

初　衷

——写在七一前夕

前行砥砺业惊天，铸就辉煌若涌泉。
追梦征程新起点，初衷依旧忆红船。

（2019.6.30）

祈　雨

金虎中天在兴头，院庭柳树鸟啁啾。
老夫排闷凝神眺，热浪难当百卉愁。

（2019.6.30）

步 M 君 "格物" 韵

惯于消暑密林中，凉气殷勤对老翁。
莫道今犹思旧地，时空弗与往年同。

（2019.6.28）

题吴君所摄游鸭图

永昼云稀日媚明，平湖如镜水清泠。
阖家亲子游波碧，感受风光处处情。

（2019.6.25）

黄　鳝

身披锦缎惯思危，水库河塘炼嫩肌。
食饮起居无定点，立卧行坐若一姿。
夜兴探路防生祸，夙寐歇息怕被羁。
闯荡江湖身有术，以柔取胜最称奇。

（2019.5.20）

圆明园断桥

昔日辉煌变径荒，残躯碎影水一汪。
如山铁证悲酸史，强盗尸缠耻辱桩。

（2019.5.15）

圆明园遗址

煦日踏青野径间，时光回转到从前。
残垣断柱今犹在，西域豺狼臭万年。

（2019.5.15）

访太行水镇偶感

崔巍山脉亘绵绵，岁月留痕战火年。
犹有远方行旅者，感恩敬畏对前贤。

（2019.4.25）

体温表赞

玲珑细巧玉冰肌，坦荡心窝不纳私。
天子面前无谎报，布衣群里冇瞒欺。
悬壶团队时时用，黎庶居家日日随。
品性基因为耿介，人间处处唱褒辞。

（2019.5.2）

题龙爪槐图（两首）

一

冬日绵长炼瘦肌，缓积猛放待佳期。
甘霖昨夜来巡访，借力东风绿韵披。

（2019.4.26）

二

严冬傲雪炼肤肌，发力阳春煦物时。
淫雨夜来催嫩绿，赞词应聘入吾诗。

（2019.4.28）

无题（新韵）

易水湖旁老子峰，天梯栈道伴云升。
休说皓首难攀越，不见鳌翁要采星？

（2019.4.25）

试和黄老春游诗

岚烟吻别北坳岑，日照山林醉意沉。
黄鸟热播乡土曲，溪流轻抚隐弦琴。
苍松疏影骚人觅，芳径蓝桥①墨客寻。
廉颇加餐弗认老，且将春景放声吟。

（2019.4.22）

注：①蓝桥，此处寓意为文人墨客常到之地。典故：蓝桥即蓝桥驿亭，位于陕西蓝田、商洛之间，唐朝多位诗人曾题诗于此处。

初雪（孤雁入群体）

雪花悄静六出飞，新客轻轻扣户扉。
老朽开轩庭院睨，玉尘风韵入唐诗。

（2019.2.12）

老友相聚

龙城聚首情真切，话语温馨汩汩流。
分享东篱心绪静，忆谈疆场韶华稠。
旅游结伴新常态，微信沟通在兴头。
犹爱争相说梓里，一山一水总乡愁。

（2019.4.8）

长岗坡渡槽

艰苦拼搏几度春，天河擎起灌金银①。
舀得渠水调芳墨，奋笔讴歌创业人。

（2019.4.6）

注：①金银是指罗定市金银河水库。

咏　荷

万绿丛中露雅容，亭亭玉立碧湖中。
群芳弗与争娇艳，自律初心似彩虹。

（2017.7.29）

倒挂金钟花

雍容华贵不争名，惯下基层唱美声。
更跳悬空灯吊舞，欢呼随伴绽艳惊。

（2017.8.12）

岩上翁

根扎绝壁顶遮天，通透居家挂褐帘。
冬冷闲观云舞岫，春和惯赏绿铺巅。
喜迎清露①严巡视，怒斥浊尘乱串联。
砥砺经年腰板挺，铮铮傲骨峭崖间。

（2017.7.22）

注：①清露是雨的雅称。

102

陈君雅宅

陈君择处清幽地，绿树繁花绕径生。
楼宇美轮藏雅韵，庭园秀丽缀芳藤。
借来别墅南头仁，挪去青山北岬横。
不是高人施法术，怎将仙境降新城①？

（2017.8.8）

注：①新城系指八达岭孔雀城，坐落在河北省怀来县。

昙　花

厚蓄急发借月光，慕名来客喜洋洋。
只为黎庶添欢乐，罔顾金身命短长。

（2017.8.10）

题《立秋》照

凉气初拂河岸柳，一泓碧水映苍流①。
绿荫遮挡人出镜，浮影惊鳞匿弋游。

（2017.8.15）

注：①苍流即苍穹。

望　月

冰轮高挂照山川，海角天涯共玉蟾。
不是眼珠生病变，怎诌西寨月超圆？

（2017.8.19）

香港回归廿周年偶感

夜来暖雨细如丝，庭院椿柯秀绿枝。
逢恰香江行冠礼，鸣蝉邀我索新词。

（2017.7.1）

喇叭花

天生娇弱不言愁，奉献微薄岂计酬。
借得芳邻拉电线，奏吹绿韵也风流。

（2017.9.3）

酷 暑

无照桑拿又闯关，惹招黎庶话心烦。

鸡眯困眼司职惰，犬吐长条喘气难。

硕蚁迁居形莽乱，噪蝉留守态弗安。

老夫凭眺吟阳景^①，犹感额头汗水弹。

（2017.7.12）

注：①阳景是太阳的别称。

夜 雨

惊雷滚滚震长天，劲雨轮番耍重拳。

残暑无能终溃散，夜来黎庶尽安眠。

（2024.8.25）

游园闻蛙声

秋日水乡行，泽蛙擂鼓鸣。

寻声窥探去，偷乐静悄听。

（2017.8.20）

共享公园雅座

清幽绿径秀新星，收获惊诧赞叹声。
称赏匠心独运意，游人顿感备温馨。

（2017.7.28）

夺 魁

——暑夜街头大排档拾趣

饕客纷纷聚巷坪，两条彪汉索功名。
赤膊大帅斟醇酿，红眼军师启醑瓶。
舌硬嘴僵弗认醉，脖粗唇颤总称赢。
推觞几度裁平手，跨界食星气怎平？

（2017.8.6 于延庆）

晨 雨

夜里潮湿倦雀鸦，黎明凉意渗窗纱。
耆翁倒屣开轩去，喜昒庭园雨润花。

（2017.8.3 于延庆）

106

水仙花迎春

凭窗静坐雪中花①，暗溢幽香昄彩霞。
恭候只为听快讯，金猪大驾到京华。

（2019.2.5 己亥年正月初一）

注：①雪中花是水仙花的别名。

步蔡君《无题》韵

夕阳神笔点江红，唱晚渔舟粤地声。
微暌隐约翔羽过，潜鳞静盼浪翻腾。

（2017.11.12）

附蔡传诗友原玉：

无 题

日晚藏湖映水红，卧波人静远笛声。
扬鞭策马催人进，新纪余年热血腾。

为弟媳康复锻炼点赞

人生路上总披荆，晴日岂无玉虎①鸣。
坎坷踏平心不改，春光满目步轻盈。

（2019.2.7）

注：①玉虎是雷的别称。

煮汤圆偶感

义无反顾跳汤池，摇滚欢腾秀玉肌。
练就一身膨胀术，风韵正好入新诗。

（2018.3.2 戊戌元宵佳节）

居家盆栽

温文恬静披深绿，禅坐经年倚陋窗。
正是煦风苏万物，争先引颈探春光。

（2018.2.26）

征　程
——步韵和老树苗

在肩使命踏征程，武氏何曾怯虎凶？
生就钟馗专打鬼，梦圆勋业会当成。

（2017.11.1）

附老树苗原玉：

征　程

宏图拟就上征程，无畏殊途魑魅凶。
自有良方降恶鬼，百年伟业必将成。

题 G 君莲花图

绿缎半遮红蓓蕾，秀竿擎起俏芙蓉。
鸣蛙隐去声销匿，静候飞廉舞水中。

（2018.6.20）

仲夏晨雨

雷遣甘霖洗户窗，更着风冷进廛①房。
耕夫雨霁前庭睨，花木茵茵笑暖阳。

（2018.6.17）

注：①廛：音"chán"，泛指城邑民居。

己亥新春亲友聚会

相聚如约在酷寒，频频筛酒寿竹轩。
亲情直暖心窝里，恰似和风进乐园。

（2019.2.10）

虚晃一枪

淡云初上罩京畿，窗外寒酥①正舞飞。
无奈影形忽隐去，风姿未肯入吾诗。

（2019.2.6）

注：①寒酥是雪花的雅称。

三亚行（三首）

一、天涯海角

斗转星移水涌流，涛声阵阵不歇休。
天涯本意为遥远，海角何曾是尽头。

（2018.12.31）

二、南国古式木风柜

鼓气生风露绝招，翻腾谷粒辨实枵。
时空倒转识陈物，惹动乡愁似涨潮。

（2019.1.2）

三、戴笠帽

圆笠风姿掳眼球，顿觉岁月暗漂流。
往时斯物遮黑发，此日新登老叟头。

（2019.1.4）

无　题

"禅"房静谧坐闲僧，"茶"碗轻烟袅袅升。
"一"啜笑将双目闭，"味"香暗溢备提神。

（2018.12.8）

注：日前，孪生侄孙发来微信，要求笔者就"禅茶一味"写一首藏头诗。以上是回应。"禅茶"是指寺院僧人种植、采制、饮用的茶。"禅"是一种境界。"禅茶一味"，"禅"是心悟，"茶"是物质的灵芽，"一味"就是心与茶、心与心的相通。

戏和彩川《双色菊》

红黄双彩并枝开，引领游人滚滚来。
泽令缘何多逸事？东篱密码最堪猜。

（2018.10.13）

附彩川诗友原玉：

双色菊兼贺重阳节
红黄双彩一花开，半壁江山生俱来。
国色天香堪比翼，东篱陶令费心猜。

（2018.10.13）

岁

月

如

画

咏石榴
——题 G 君所摄石榴图

仲商双庆气氛浓，姐妹孪生翠绿中。
巧借金风施粉黛，艳妆出镜唱年丰。

（2017.10.1）

答孟君

村寨葱茏满目春，繁忙农事看而今。
灌园食力虽辛苦，陇亩山歌自唱吟。

（2018.6.18）

附孟凡章诗友原玉：

呼　声

燕舞莺歌盛世春，诗坛众友咏当今。
耕夫沉寂有多日，为底缘由未唱吟？

长律 颂歌一曲赞铁军（新韵）

——纪念中国人民解放军建军 90 周年

桂月①南昌战，扳机打首枪。

揭竿离闹市，举旗陟山冈。

峻岭班师速，平原备战忙。

几番遭围剿，多次受创伤。

迤逦出危境，蜿蜒到僻厢。

悲戚惊岱岳，鲜血染湘江。

部队拥新帅，毛公任领航。

马湖②漩浪涌，赤水恶涛狂。

草地藏深迷，冰川有野荒。

寒风袭冻骨，辘声响饥肠。

坚毅生奇迹，刚强代口粮。

长征书伟业，壮举铸辉煌。

倭寇施残暴，间阎遇祸殃。

红军擎帅印，百姓上疆场。

正义当将胜，失德必定亡。

收回沦陷地，重建太平乡。

反共国民党，独裁蒋匪帮。

群情皆奋起，斗志尽激昂。

横扫喽啰庙，推翻主事堂。

天空出彩日，大地沐朝阳。

美帝侵朝鲜，神州助友邦。

奇卒穿鸭绿，猛将越桥梁。

西霸成俘虏，王牌变芥螳。

谈资添数段，笑柄记一筐。

勋绩八方晓，声威四处扬。

维和常戒备，临阵勇担当。

追梦登苍颢，巡逻下海防。

墙高如铁塔，土固若金汤。

兵厉根基稳，民安社稷康。

凯歌千载盛，武运万年昌。

（2017.6.24）

注：①桂月即八月。

②马湖江是金沙江的别称。

说明：长律又称排律。最短不能少于10联（20句），长则不限。长律平仄格式是律诗平仄格式的循环重复，但尾联（最后两句）的平仄格式必须与律诗尾联的平仄格式完全一致。首联（开头两句）和尾联可对仗可不对仗，其余各联必须对仗。长律必须押同一韵，中间不可换韵。长律中不应出现重字。

月季花

芳气袭人卉圃中，艳惊夺目态雍容。

堪夸最是坚持力，勤奋经年月月红①。

（2018.5.12）

注：①月月红是月季花的别称。此处的月月红成了双关语。

咏残荷

盖难擎雨只听声，风骨金枝备秀灵。
自律节操依旧在，长留基业蕴深情。

（2017.10.4）

樱　花

煦风酿就味浓醇，素雅银装点笑靥。
铭感春光何作报，幽香谨以悦游人。

（2017.4.4）

戏说红月亮

忽见祝融^①滚夜空，歹徒算计广寒宫？
问询仙子应无恙，笑看吴刚挂火笼^②。

（2018.2.1）

注：①祝融乃火之别称。
②火笼：冬天取暖的小炉，又称"手炉""烘炉"。

咏 风

向晚枝摇舞大蛇，西天俄顷抹红霞。

飞廉扯走朦胧罩，指点岫峰去路赊。

（2017.1.27）

咏金梅花

春阳挥笔绘长空，洁玉冰魂①展雅容。

醇美疏香②庭院里，婀娜花魁③宇楼中。

凝神迎迓八方客，侧耳聆听四面风。

和煦催得苞劲放，牡鸡高调唱玲珑④。

（2017.2.20）

注：①冰魂：元朝吴昌龄《张天师》第四折："俺本是广寒宫冰魂素魄，怎比那阎浮世浊骨凡胎。"

②疏香：唐朝孙光宪《菩萨蛮》："小庭花落无人扫，疏香满地东风老。"

③花魁：梅花开在百花之先，故有"花魁"之称。《说郛》卷六二引宋王贵学《王氏兰谱·白兰》："干叶花同色，萼修齐中有蕹黄。东野朴守漳时，品为花魁。"

④玲珑：唐朝韩愈："玲珑开已遍，点缀坐来频。"前句指梅，后句指雪。冰魂、疏香、花魁、玲珑，均系梅花之别称。

天韵（分韵联诗）

金乌亮相染红天，玉轮翩跹态若仙。
日月同辉苍昊媚，雄鸡抢报太平年。

（2017.1.15）

"天狗"噬日①

日月地球施幻术，百年排演暗中行。
如约天狗出招绝，唤醒残冬赞叹声。

（2018.1.31 夜）

注：① 2018 年 1 月 31 日晚，东方天际上演了一场万众瞩目的月全食。
这是一个月全食＋蓝月亮＋超级月亮的组合亮相，是 152 年来首次的超级蓝
色月全食。

题赵君西堤烟柳照

柳新专场秀高难，半段西堤戏两班。
台下演员飙倒立，赢得惊叹满人间。

（2017.11.18）

118

于航天服展处留影

科技生威震宇寰，平头百姓爱趋前。
吴刚频密接微信，追梦英雄又上天。

（2017.10.9）

题银杏柏树照

飞廉制冷未闲休，银杏争先报晚秋。
香柏摩拳期瑞雪，白袍披挂唱风流。

（2017.10.31）

题杨君独特风景照

红衣模特绿纱巾，琴霸金弦悦耳音。
台毯两旁皆寂静，秋装等看款出新。

（2017.10.15）

题 G 君海棠图

深秋迎迓抹浓妆，瘦绿肥红缀碧苍。
只为人间添彩色，明星弗与去争强。

（2017.11.13）

抗风树

海临原野白头翁，柔韧克刚抗暴风。
作证苍天君义勇，胆略端的是英雄。

（2017.12.19）

题残荷照

华服褪去换秋装，得意金风好赶场。
水上蹁跹时序曲，双双醉笑对榆桑。

（2017.10.9）

120

海上天然蛋糕石^①

扁舸犁波送蛋糕，彩霞闻信舞云霄。
祝福沧海生辰乐，祈愿天涯共浪滔。

（2017.12.22）

注：①海上天然蛋糕石在爱尔兰（上图为示意图）。

试题蜡梅照

含英偷笑口微开，不敢偎墙睨牖台。
应晓暗香称霸史，闻风熟客进园来。

（2018.3.7）

日月同辉

（七律，诗社联唱，步李商隐无题诗东、红、风、通、蓬韵）

玉兔翩跹面向东，金乌亮相满天红。[①]
朝晖敦厚播微暖，倩影温文笑冷风。
万里秋波心递送，千寻爱海意连通。
同辉日月苍旻上，卉圃华邦正漫蓬。

（2017.1.16）

注：① 2017 年 1 月 13 日（农历腊月十六）晨 7∶30—7∶35，笔者从住处阳台看见一轮淡月在人民大会堂顶上徘徊，红日在东边天际喷薄而出，霞光满天。好一幅日月同辉的美景！

秋 光

——步韵和孟君

朔风挥笔抹寒霜，百物悄悄换厚装。
稻海金浪翻滚晃，耕夫陇亩颂秋光。

（2017.10.15）

隆冬花木入绿棚

寒流幻术眼朦胧，袍绿加身入梦中。
待到燕归声入耳，绫罗出镜展芳容。

（2017.12.6）

龙潭春潮

煦风着意白云飘，万盏红灯舞树梢。
瑞犬汪汪声渐近，龙潭暗抢涌春潮。

（2018.2.12）

蜡梅吟

玉骨①镶金尽妍娇，芳春不觉挂黄袍。
隐身碎步深幽去，香暗②难消客似潮。

（2017.3.4）

注：①玉骨是梅花枝干的美称。
②香暗指暗香，梅花的别称。

空气净化器

浊气攻城翳景笼，滤尘斗士眼熬红[1]。
豪言断腕犹鸣响，敢问何时放我工？

（2018.3.16）

注：①眼熬红：空气质量为重污染时，空气净化器的"眼"呈红颜色。

京城中国尊

横空出世唱辉煌，巨霸毫锥[1]指碧苍。
乾宇[2]作笺湖为墨，倍添自信续华章。

（2018.3.16）

注：①"毫锥"系"笔"之别名。
②"乾宇"乃"长天"之雅称。

古 风

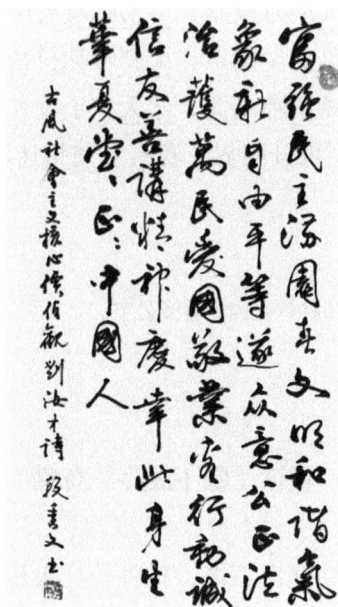

社会主义核心价值观①

富强民主满园春，文明和谐气象新。
自由平等遂众意，公正法治护万民。
爱国敬业看行动，诚信友善讲精神。
庆幸此身生华夏，堂堂正正中国人。

注：①社会主义核心价值观的基本内容：
富强 民主 文明 和谐，是国家层面的价值目标；
自由 平等 公正 法治，是社会层面的价值取向；
爱国 敬业 诚信 友善，是个人层面的价值准则。

耕夫逛诗社

春回大地万象新，诗书画友笑声频。
米茶敲韵生创意，栗剑吟咏抖精神。
清风斋主哼老曲，蓝天才子读秀文。
耕夫蹭课开眼界，犹有笠翁指迷津。①

（2024.1.12）

注：①画线处是诗社诗友的笔名或名字。

重读《滕王阁序》有感

冯唐易老山不老，槛外长江水长流。
雁阵惊寒声凄唳，渔舟唱晚乐无忧。
孟氏芳邻交诤友，萍水相逢话乡愁。
腾蛟起凤赞诗社，人杰地灵看神州。

（2023.12.31）

撤除核酸检测站

昔日白衣执甲处，今朝帷幄何处去？
最是欢欣云雀族，收复失地除陈虑。

（2023.4.23）

126

沙尘终散去

连日苍天受訾诟，黄雾隐藏枝上鹭。
漏夜伏龙①拨劲风，今朝又见燕山秀。

（2023.3.26）

注：①伏龙，指卧龙，即诸葛亮，字孔明。

喜迎二十大

旌旗迎风舞，帝都群贤聚。
盛会展鸿猷，赤县擂金鼓。

（2022.10.4）

谷爱凌夺冠

骄燕凌绝顶，翀天在俄顷。
忽爆惊叹声，圆梦已钦定。

（2022.2.10）

复家乡友人微信

欣闻梓里正兴旺，北漂游子倍思乡。
钟灵毓秀藏龙虎，仓廪充盈尽稻粱。
合山风柜吹紫气，中心重镇唱开阳。
船离步头添马力，光辉彼岸是康庄。

（2016.2.12）

家乡清晨即景

（健森侄孙发来家乡照片，让笔者看画作诗）

梓里风调复雨顺，村庄景色日日新。
修篁挺拔匿摇影，凼水清泠藏锦鳞。
山岚布网添静谧，垄亩着绿赞辛勤。
忽见柴门青烟起，不是大圣降祥云？

（2016.2.22）

缅怀双亲

感恩父母穷育丁，为人正直是叮咛。
遵循遗训多自律，无邪不惹噩梦惊。
两袖清风拂浊气，长短褒贬任点评。
惩腐号角新吹响，耳根犹鸣金玉声。

（2016.3.12丙申年清明节前夕）

128

盼 风

霾，霾，霾，混浊蔽京畿。
通衢车辆少，巷陌行人稀。
窗户含黛绿，夜灯^①绽熹微。
邀得孔明来，借风莫迟疑。

（2017.1.6）

注：①夜灯是指室内感应小夜灯，白天熄灭，夜晚发亮。

和肖君诗友《桥头桃》

烟雨湖旁桃艳吐，矜持不惹群芳妒。
诚邀寒梅唱初春，依旧吟哦春会去。

（2017.3.22）

附肖君诗友原玉：

桥头桃

风雨桥头桃几树，英姿飒爽群芳慑。
寒梅点点报初春，桃艳将知春又去。

杨君八十大寿志庆

八十高台眺远方，春风满面鬓堆霜。
冷水淋浴病魔溃，清心垂钓体魄强。
闲情逸致磋牌艺，豁达乐观话沧桑。
莫道皓首多暮气，佳酿久藏备醇香。

（2016.9.2）

无　题

我把月亮邀窗前，月亮徘徊几流连。
问月为何不浓妆？做事低调宜淡恬。

（2016.9.15）

夕照即景

朔风发力湖面寒，逼迫龙潭锁游船。
艄公乐得休整日，把酒临窗眺亭栏。

（2016.12.26）

地坛庙会见闻录（三首）

一、拉洋片

锣鼓钹子响叮咚，古韵木箱秀玲珑。

红衣大师晒绝活，腔调恰与江湖同。

几名黄童窥黑洞，神秘气氛分外浓。

客官举目瞧高处，洋片招牌曳煦风。

二、无题（顶针诗）

信步路经娱乐城，城内骅骝伴乐腾。

腾飞骏马惊孺妇，妇人抱子趣横生。

生财有道商家智，智诱稚子进天棚。

棚里气枪痒童手，手扣扳机响几声。

声频震耳金犬吠，吠机摆满三大亭。

亭前挂卖灰太狼，狼音恰似地羊①鸣。

注：①地羊乃狗之别称。

三、顺口溜

暖响歌台正中央，相声大师说狗年。

狗狗专程送祝福，长途跋涉十二年。

狗年到来家国泰，鸡犬桑麻太平年。

狗年到来底气足，防范风险掌控年。

狗年到来六畜旺，精准脱贫关键年。

狗年到来决心大，壮士断腕治污年。

狗年到来开两会，绘制新图开局年。

狗年到来多喜事，黎民点赞红利年。

狗年到来祥云绕，戊戌注定辉煌年。
台上频频数来宝，台下看官笑开颜。

（2018.3.15）

无题（两首）

（引号内均系词牌名）

一

"九重春色""江南好"，
"高山流水""柳含烟"。
"并蒂芙蓉""红罗袄"，
"鱼游春水""向湖边"。
"潇湘夜雨""阳台梦"，
"海天阔处""夜行船"。
"银河浮槎""好事近"，
"烛影摇红""人月圆"。

二

"九重春色"艳阳天，
"高山流水"罩岚烟。
"并蒂芙蓉"悄出镜，
"暗香疏影"透窗前。
"银河浮槎"生遐想，
"人在楼上"眼望穿。
"潇湘夜雨"思远客，
"霓裳羽衣"伴归旋。

（2021.7.28）

诗社颂春光

朝阳诗社颂春光，社颂春光耀城乡。
光耀城乡风清正，乡风清正咏朝阳。

（2020.1.22）

仙鹤唱长亭

鹤鸣怡悦唱长亭，悦唱长亭花芳馨。
亭花芳馨飘十里，馨飘十里迎鹤鸣。

（2024.5.3）

袖珍盆花

温文娇小坐厅堂，总爱殷勤逸暗香。
莫道矜持多羞怯，且看领衔唱春光。

（2022.1.28）

瑞　雪

寒流巡赤县，鹅羽舞京畿。
直把耕夫乐，朝夕正盼祈。

（2022.1.23）

长寿面（出席寿宴有记）

四十公岁生辰宴，捞起银丝接九天。
寿星献技眯眼乐，一笑回到而立年。

（2019.10.30）

金花兵

突然空降金花兵，亮丽登场四座惊。
争说归田赋闲乐，犹忆当年执长缨。

（2019.10.30）

方舱"特区"

（据悉，江城某方舱医院的轻症病患者乐观地在医院内跳起广场舞）

瘟霾猝然袭荆楚，周天寒彻息乐鼓。
何来悦耳丝竹声？方舱广场口罩舞。

（2020.3.3）

江渚放歌

春回大地到江边，水天一色生碧涟。
诗书画友敲韵地，孤舟蓑翁钓鱼船。
凡章出句脱凡俗，彩川吟哦喷彩泉。
米白茶香遣贫曲，足够耕夫学十年。①

（2021.2.28）

注：①画线处均为诗社诗友笔名。

逛地坛庙会偶感

大圣身手确不凡，十万光年霎时还。
才闹天庭惊玉宇，又登地坛乐尘寰。
火眼金睛镇妖孽，灵慧憨态逗童顽。
丙申京城暂落户，乡愁一曲花果山。

（2016.2.11）

答谢温公

如诗岁月恨无才，几番吟哦口难开。
温公翰墨尽潇洒，羡煞耕夫望尘埃。

（2015.9.24）

惯贼同谋

雾霾同谋窃日光，惹得闾阎好神伤。
"断腕"豪言犹在耳，应信盗贼难久长。

（2015.11.23）

凭吊圆明园遗址

西方列强露狰狞，掠劫烧杀举世惊。
废墟记录民族耻，颓垣扎痛众人心。
羸弱难敌顽贼侮，彪悍最御恶寇侵。
居安焉可忘前事，奋力追梦图复兴。

（2016.4.27）

疫期社区扫描（柏梁体）

瘟霾锁城日朦胧，黎元蛰居守樊笼。
出户封唇藏脸容，归来伸手流水冲。
通衢大道少行踪，顿失昔日车长龙。
不见巷陌人堵拥，唯有疏影臂章红。
踽踽穿行侧门东，无证宾客路不通。
华发偷长窘妪翁，外行荣升剃头工。
镇日禁足心火攻，菊花雪梨茶香浓。
倚窗举头对苍穹，有负旷野草木葱。
心挂荆楚抗疫虫，敬畏白衣大英雄。
欣闻方舱已清空，老夫把酒对蟾宫。
待那瘟神日途穷，黄鹤凯旋驾东风。

（2020.3.18）

耕夫逛早市①（柏梁体）

初秋曙色驱朦胧，长街车马似游龙。
琳琅摊位列西东，鼎沸人声震穹窿。
平谷鲜桃似火红，哈密甜瓜情意浓。
官厅水产名声隆，延庆土豆总称雄②。
豆腐永宁牌正宗，南瓜百泉味不同。
山林土特环保功，田园蔬果农家风。

137

香芹萝卜与姜葱，大枣核桃和火笼。

新鲜玉米分白红，长条紫茄如弯弓。

一只绿盒是莲蓬，半截香瓜似金钟。

霸王油条诱稚童，盆景桂花醉老翁。

都说今秋年更丰，翘指称赞除害虫。

日上三竿壮市容，耕夫微笑对金风。

（2017.8.30）

注：①柏梁体诗，又称柏梁台体、柏梁台诗，每句七言，均押平声韵，全篇不换韵。据传，汉武帝筑柏梁台，与群臣联句，句句用韵。

②北京市延庆区的土豆闻名遐迩，2015 年 7 月 28 日，北京"世界马铃薯大会"在延庆召开。

古体诗

颂歌一曲赞铁军

——纪念中国人民解放军建军90周年

南昌硝烟急，打响第一枪。秋收揭竿起，井冈战旗扬。
枪杆出政权，苏区分田忙。五次反围剿，红军遭重创。
战略大转移，含泪别故乡。惨烈不忍睹，鲜血染湘江。
遵义开新宇，毛公是领航。飞夺泸定桥，骁勇克敌狂。
雪山草地险，饥寒复断粮。绝地拼铁血，意志强如钢。
貔貅会陕北，铁流铸辉煌。恶寇频频来，祸水自扶桑。
卢沟风云变，义愤满胸腔。南京大杀戮，倭寇丧天良。
我党举师旗，全民抗东洋。反击法西斯，东方主战场。
敌后根据地，擒贼有良方。平型关大捷，日寇见阎王。
华北百团战，惊雷震穷苍。得道终将立，失道必消亡。
经年持久战，击败野心狼。铭记屈辱史，国人当自强。
同室操戈斗，罪魁是蒋帮。三大战役后，宿仇断脊梁。
横扫蒋巢穴，恶孽尽仓皇。剩勇追残匪，独夫岛中藏。
万民迎旭日，沉痛悼国殇。美霸欲吞华，气焰最嚣张。
炫耀联军力，朝鲜变沙场。华夏志愿者，跨越鸭绿江。
援朝浴血战，收拾扬基帮①。山姆成败寇，羞怒气断肠。
亲人凯旋日，军威四海扬。和平搞建设，紧握手中枪。
追梦上碧落，镇邪下汪洋。捍卫我领土，坚守我海疆。
热血写忠诚，听从党中央。钢铁长城在，国固若金汤。
黎庶子弟兵，征程续华章。颂歌唱铁军，音韵最悠扬。

（2017.5.10）

注：①"扬基帮"是指以美国为首的侵朝16国"联合国军"（扬基，Yankee，指美国佬）。"山姆"是"山姆大叔"（Uncle Sam，美国、美国佬的绰号）。

船步镇

罗定市^①名城，雄踞粤西关。春秋百越起，隶属变几番。
历史渊源远，文化尽斑斓。钟灵毓秀地，将军^②树懿范。
物阜民丰榜，船步列其间。

船步重镇^③者，地处市东南。悠悠岁月里，千载伴青山。
南朝称永熙，尔后曰开阳。两度作城邑，三百余年间。
后百粤文化，光辉复灿烂。

巍峨八排岭，端庄压群峦。上得天堂顶，耳目顿觉新。
草原听牧笛，花园入诗魂。界碑^④立绝顶，转身望三城。
福地蕴灵气，荫庇众芳邻。合山风柜岭，往北通罗城。
南坡陡且长，挑战赤脚兵。立意炼铁骨，风雨总兼程。
玉琢方成器，励志座右铭。耄耋惯回首，心胸涌激情。

船步河汩汩，弹唱古文明。源头八卦顶，缓流如许清。
少小爱戏泳，江渚常扎营。热衷打水仗，从不论输赢。
华发忆童年，莞尔说水兵。

造化金盆地，三川水潺潺。六岸阡陌网，满眼稻浪翻。
地肥苗苗壮，饲精豕满栏。蚕桑农家宝，鱼虾盘中餐。
绉纱鱼腐美，鸡豚味犹鲜。

长街贯西东，新旧两和融。岁月留痕影，名镇古韵浓。
隔日一圩市，熙来攘往中。盛世财源盛，丰年物产丰。
肩摩毂击地，生意似火红。

传统崇振铎，斯民褒舌耕。船中原开阳，始创于甲申。
勤奋追梦志，尊师重教风。庠门骅骝众，犹有伯乐翁。
园丁看桃李，东西南北中。

游子忆梓里，最忆是乡情。祝寿八音队，新春贺年团。
爆竹震天响，闾阎喜盈门。龙狮共飙舞，引得万人观。
犹有大社公，庙会蜚声传。武术与杂技，各派讲传承。
山歌和字眼，特色说不完。清明祭先祖，晚辈知感恩。
端午包楚粽，龙舟鼓声频。中秋品圆饼，羡煞羁旅人。

进入新时代，肇启新征程。感恩共产党，贫困已清零。
绿水青山秀，庆幸无疫情。撸袖同心干，乡村要振兴。
追梦千秋业，鸿猷举世惊。

（2020.12.12）

注：①罗定市的定位：文化之乡，名人故里，历史名城，广东西关。
②将军：蔡廷锴（1892—1968），罗定市罗镜镇人。蔡将军是抗日民族大英雄，是罗定人的骄傲。
③船步重镇：船步镇于2013年被列为广东省中心镇，2014年被列为全国重点镇。
④界碑：1992年粤省政府于八排山上立石碑，确定信宜、阳春、罗定三地的交界点。界碑成为一个旅游景点。

船步重鎮者地慶市東南悠悠歲月里千載伴青山南朝稱永
熙爾後日開陽兩度作城邑三百餘年間後百粤文化光輝復
燦爛巍峨八排嶺端莊壁壘羣巒上浮天堂頂耳目頓覺新草原
聽牧笛花園入詩魂累碑立絕頂轉身望三城福地蘊靈氣蔭
庇象芳鄰合山風櫃嶺往北通羅城南坡陵且長挑戰赤腳兵
立意煉鐵骨風雨總蕪程玉琢方成器勵志座右銘耄耋慣田
首心胸湧激情

劉汕平詩節選 辛丑春月黃坂國書

142

船步镇水头楼村

祖先自永禄，悠悠几春秋。勤奋躬耕者，蓝缕拓荒牛。

田野多竭涸，凿渠灌新畴。清流严管控，木屋守陇丘。

从此芳名立，雅称水头楼。崔巍八排岭，慈祥总凝眸。

群峦示敬畏，谦让不肯高。石牙擎宝剑，近岫披绿袍。

莳植为后裔，先贤善筹谋。宝地背夫岭，见证岁月稠。

乌柏①作地标，果树绕四周。大炮与青皮②，佳果最甘喉。

盛夏纳凉地，噪蝉唱忘忧。翁媪爱闲聊，黄童嬉戏唰。

民风堪淳朴，憨实复勤劳。鸡犬声入耳，炊烟缭村头。

竹林竞挺秀，棠棣赛品优。③邻里相关照，义举众人褒。

螽斯生息地，衍庆遍九州。④后昆仰先辈，残祠作重修。

共襄善举事，协力好运筹。青山山常翠，绿水水长流。

欢庆国运昌，振兴展鸿猷。村寨生巨变，远客惹乡愁。

（2021.5.20）

注：①乌柏：背夫岭顶原来有一棵古老而高大的乌柏树，其称得上是水头楼之地标，约在树的5米高处长出三个杈（两大一小），能站两个人。解放初期，村干部经常拿着扬声筒爬上三杈处广播，通知村民开会等事宜。顽童犹喜爬上去凑热闹。

②大炮、青皮：在背夫岭周围原种有十数棵龙眼树，其中大炮、青皮和大寇三棵树是"明星"。大炮树果大肉甜，然产量较低；青皮和大寇挂果多，型美肉鲜。后来有数棵龙眼树被砍伐，如背夫岭中间处的圆树仔、拱背仔等树均早已消失了，很可惜。

③竹林、棠棣：竹林喻叔侄。《幼学琼林》："竹林叔侄之称"。棠棣喻兄弟。《幼学琼林》："兄弟联芳，谓之棠棣竞秀"。

④螽斯衍庆：螽斯典出《诗经》："螽斯羽，诜诜兮。"螽斯衍庆，喻子孙众多，人丁兴旺。

143

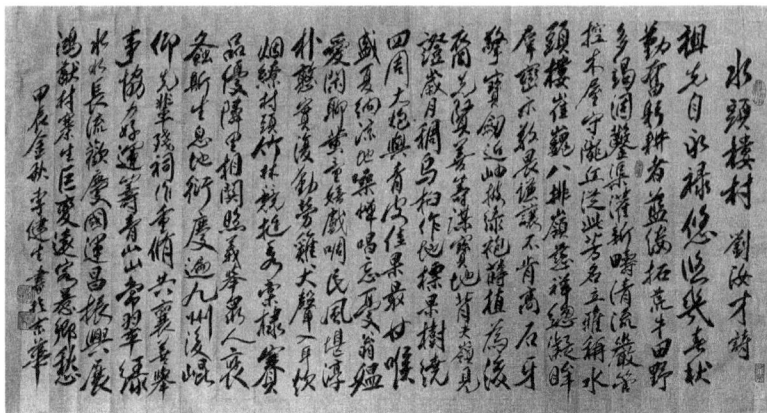

长歌一曲唱生平（组诗 11 首，新韵）

——八十岁生辰抒怀

一

贫寒农家子，地无立锥人。筚路蓝缕者，奈何空乏身。
严父力单薄，可怜瘦嶙峋。慈母病魔缠，求医却无银。
弟妹尚年幼，困窘咋述陈。八岁上私塾，惜阴备辛勤。
垂髫纵立志，好梦难成真。赤轮喷薄出，从此换乾坤。
乡村惊雷爆，陇亩平均分。黎庶今做主，柴门笑声频。

二

枯木逢春雨，大地瑞气盈。教育为普众，黉门泥腿兵。
娓娓翻身曲，琅琅读书声。小升初①放榜，喜看有吾名。
保送上高中，开心进县城。经年打赤脚，竹帽伴余行。
挥汗躬耕者，企望好收成。国考如约至，淡定不悚惊。
鸿雁传捷报，激动予心情。拜别众乡亲，村夫赴帝京。

三

外交学人地，神圣一座峰。方针十六字②，校训蔚成风。
口碑世代传，楷模是周公。马列主义真，战斗力无穷。
矛盾与实践，毛著最正宗。理明三观立，前路不朦胧。
发奋为骏业，目标专又红。铭记党教导，为民笃信忠。
毕业心潮涌，去国步履匆。任凭风浪起，祖国在心中。

四

秋色恰氤氲，风火到伦敦。古城多故事，新客爱详询。
牛津长街老，议会钟声沉。英帝渐衰败，日落最伤神③。
冷眼看风雨，用心习洋文。文革闹极左，社稷乱纷纷。
国内常停产，吾等敬业勤。京城火烧案，报复在英伦。
我馆被围困，百日天地昏。逆境志不移，挺立如昆仑。

五

南太悉尼市，天高白云稀。大桥卧波态，剧院舞扇姿。
考拉贪静谧，袋鼠善奔驰。得天独厚地，凡尘一珠玑。
我馆新建立，朋友正盼期。新州与粤省，结好两相宜。
唐人街喧闹，华侨惯聚集。乡音备亲切，争相说畴昔。
澳人自豪感，爱称为澳斯④。离任返京去，教人忆雪梨。

六

天涯奥克兰，海港荡风帆。青剑指碧落，巍峨独树山。
向阳实向北，彼北我为南。建馆先遣队，拓荒阡陌间。
楼舍终觅得，地处格陵兰。几番运筹急，开馆告示颁。
冉冉国旗升，众友尽欢颜。五毒⑤暗沉瀣，魑魅齐发难。
舸舰马力足，鬼蜮浪难翻。蓦然惊回首，舟过万重滩。

145

七

浩瀚地中海，烟波天际流。亚历山大市，饮誉几千秋。
灯塔载传奇，引得万人游。历代商贾地，海上古丝绸。
我馆宫殿宇，公认属最牛。己卯持节去，恰逢岁月稠。
尚未见五毒，谨防鬼袭偷。守土当担责，焉忘患与忧。
中埃友谊长，开创谁筹谋？埃及纳赛尔，中国毛与周。

八

拉练二十日，模拟走长征。居安当思危，殷鉴耳边鸣。
干校十个月，老九扎军营。战士苦操练，群山侧耳听。
重在炼铁骨，意志永年青。世知⑥两年余，挂职属虚名。
全新一领域，挑战我新兵。追求双效益，确保产品精。
达人热心肠，点拨耳目明。日后换岗去，常忆此曾经。

九

海外返京阙，两进新闻司。前后十五载，超长实习期。
敬佩老前辈，讨教众良师。既弹有弦琴，又弈无子棋。
龙套跑不尽，战马自奋蹄。昨日奔东畴，今朝调头西。
去来风雨里，力乏心不疲。休说路弯曲，心有定向仪。
无怨亦无悔，笃行有根基。经年阔别去，难忘习于斯。

十

亚洲运动会，帝京添荣光。场馆拔地起，民族挺脊梁。
组委宣传部，命我去帮忙。犹记病夫帽⑦，感慨说沧桑。
北京奥运会，华夏铸辉煌。有幸当志愿，进驻奥运庄。
热情东道主，赢得客赞扬：服务数一流，精彩世无双。
捷报似飞雪，见证国运昌。成功添自信，齐齐来举觞。

十一

解甲归田去，开轩见遥峰。无边长假者，浑身备轻松。

朋侪爱神聊，无意比谈锋。诗社敲韵声，羡煞吾老童。

霜鬓学弄笛，自娱粤西翁。知足生乐趣，淡泊见从容。

做人莫忘本，铭记有初衷。精神家园地，坚守贯始终。

热爱新中国，国旗血染红。感恩共产党，党在我心中。

（2020.6.25）

注：① "小升初"，1953 年夏笔者参加小升初考试，同校应试者近半百，被录取者仅二人。小升初，平常事，但对笔者却是影响一生的关键的一步。

② "十六字方针"是新中国成立初期周总理提出的对外交部干部的要求："站稳立场，掌握政策，熟悉业务，严守纪律。" "十六字方针"也是外交学院的校训。

③ "日落最伤神"，老牌英帝曾疯狂掠夺海外许多殖民地，号称是"日不落"帝国。20 世纪上半叶，亚非拉民族独立解放运动风起云涌，英帝庞大的殖民体系迅速土崩瓦解，"日不落"已进历史博物馆。故英帝对"日落最伤神"。

④澳斯，Aussie，俚语，意为澳大利亚人。雪梨，当地华侨华人称悉尼为雪梨。

⑤ "五毒"系指"台独"分子、"藏独"分子、"疆独"分子、恐怖主义分子、"民运分子"。下同。

⑥ "世知"，即世界知识出版社。"双效益"，在坚持社会效益第一的前提下，实现社会效益和经济效益的有机统一。

⑦ "病夫帽"，西方称旧中国为"亚洲病夫"。

147

秋日登北宫林园绝顶

风和日丽，老童远足，北宫林地。
狼坡绝顶，摩天雅亭，蜃楼海市。
凡间瑶池，前路峻峭，挑战勇士。
卅八公岁①，粤西耕夫，跃跃欲试。
旁人莞尔：尔曹敢上？目光生疑。
隐晦韬光，战略轻藐，战术重视。
分段攀越，途中小憩，化难为易。
自信理性，忘却形役，终达目的。
游客三两，熟人寥寥，气喘吁吁。
暗自欣喜：峰在脚下，低我两米。
鸟瞰四周，群山称臣，叩首施礼。
岚烟缥缈，欲去还留，装点翠微。
俯视归途，陡壁千丈，石级天梯。
胆大心细，稳踏每步，一鼓作气。
平安着陆，熟客翘指，点赞鼓励。
情不自禁，以水代酒，醉笑谷堤。

（2016.9.25）

注：① "公岁"：乐天派称，1 公岁等于 2 平岁。

148

自由体诗

北京冬奥铭

山川秀丽，壮哉燕京！春雷乍响，雪域旗旌。
举世瞩目，侧耳倾听。五洲八仙客，相约双奥城。
雪地穿梭燕，冰场喝彩声。踔厉超自我，热泪盈。
朗朗万千笑脸，盈盈几多盛情。牵手极目眺，奋争唱共赢。
难舍别，四海同心。

（2022.2.22）

蜗居铭

宅不在宽，有窗则明。食不在精，均衡则行。
卜居东篱，吾人心清。瘟疠正肆虐，黎庶宜守营。
疫情心纠结，话题总江城。交流点微信，常刷屏。
赏平仄之悦耳，乐敲诗之劳形。待到魔孽去，放飞我心情。
且恭候，雨过天晴。

（2020.2.13）

149

独有英雄驱虎豹

——庆祝中华人民共和国成立 70 周年

今年的十月一日，是新中国 70 华诞。
我们向亲爱的祖国，送上最衷心的祝福：
祝福祖国繁荣昌盛，祝福人民幸福安康！
我们热烈地欢呼，我们纵情地歌唱：
欢呼祖国的光辉成就，歌唱伟大的共产党！

我们的朋友送来祝福，祝福的话语热情满腔。
我们捧出那陈年醇酒，为友谊和共赢而举觞！

却有西霸恐惧我崛起，它封杀中国愈发疯狂。
面对恶敌的淫威施压，中国人民丝毫不慌张。
中国人民绝对不屈服，中国人的基因是刚强。

曾记否？
在极其艰险的长征中，共产党领导工农红军，
不怕牺牲，前仆后继，用热血书写旷世辉煌。

曾记否？
当年日寇蹂躏我国土，共产党领导抗战救亡；
众志成城，持久拼搏，终于击败凶残的豺狼。

曾记否？
在伟大解放战争中，毛主席有克敌锦囊。
貔貅乘胜猛追穷贼，独夫抱头鼠窜躲藏。

蒋家宗庙摧枯拉朽，胜利迎来中华曙光。

曾记否？
在抗美援朝战争中，志愿军用土枪土炮
击溃了美帝野心狼。美帝自诩不可战胜，
怎的解释其如此下场？

曾记否？
那南海风云翻腾急，美帝唆使小丑跳梁。
岂料中国重力出手，坚决捍卫神圣海疆。
美帝走狗全盘皆输，东方大国续写华章。

切莫忘，
美帝铁心灭我，对醒狮壮大既仇恨又惊惶。
它机关算尽，手段卑劣，它坏事做绝，丧心病狂。

君不见，
那面目狰狞的寇首，正声嘶力竭反华，
兴风作浪；他实行单边主义，强征关税，
他动辄封杀制裁，剑拔弩张；他不讲信誉，
惯用极限讹诈，他出尔反尔，最是变化无常。

休误判，
中国讲礼仪诚信，但礼仪之邦焉是可欺对象？
中国讲原则，做事有章法；对付恶棍，国人自有良方。
神州得道，自然乾坤朗朗；美帝逆行，必成挡车螳螂。

焉能忘，

西寨有恶狼。居安思危，莫存幻想。

增强自信，批判崇洋。充盈仓廪，高筑围墙。

站岗放哨，紧握猎枪。水来土掩，兵来将挡。

独有英雄驱虎豹，武松何曾怕豺狼？

（2019.6.20）

周总理的教导

——纪念周恩来总理诞辰 120 周年

进入外交部后，我了解到：

"站稳立场，掌握政策，熟悉业务，严守纪律"，

这"十六字方针"是周总理对我们的谆谆教导。

周总理的教导如雷贯耳，使人振聋发聩，

周总理的教导既亲切又明确，我们务必记牢。

周总理的教导是对我们的期望和鞭策，

我们深感使命在肩，同时感到光荣和自豪。

进入外交部后，我了解到：

部里的各项规章制度都必须符合这方针精神，

周总理的"十六字方针"是外交部的传家宝。

全体干部都自觉以"十六字方针"为圭臬，

各级领导同志都应模范践行，率先做到。

大凡干部被提升，都是在好中遴选更好。

进入外交部后，我看得清：
外交部的干部对周总理无限敬仰，
对周总理怀有深厚的感情；
这不仅是因为他的言传正确，
而且更因为他的身教真切、英明；
他的非凡睿智、杰出才干、高风亮节
和伟大人格魅力，令世人倒倾！
"十六字方针"是外交部的镇部之宝，
外交部的优良传统得以坚实奠定。
周总理的教导是一座辉煌的宝库，
周总理的教导是一部读不完的金经。

今天重温周总理的教导，我们备感亲切；
今天重温周总理的教导，我们备感温馨。
今天重温周总理的教导，我们方向更明。
周总理是我们的光辉典范、民族的精英。
周总理的名字光芒万丈，令人肃然起敬。
周总理的名字是独特的响亮的世界品牌，
周总理的英名将永远与日月相辉映！

伟人已乘黄鹤去，人间长留伟人名。
伟人已乘黄鹤去，伟人的音容依旧丰盈。
伟人已乘黄鹤去，伟人的教导我们心铭。
伟人已乘黄鹤去，伟人的遗志后昆继承。
新时代，新征程，不忘初心，追梦复兴。
砥砺奋进，再创新辉煌，伟绩慰英灵！

（2018.6.8）

点赞共和国礼炮部队

一

共和国礼炮部队
——武警北京总队第 11 支队，
这个番号人们似曾相识，
它的战士让人羡慕不已，
它的营地令人感到神秘。
2016.4.18 的那个上午，
碧空万顷，风和日丽。
数十名解甲的文装老兵，
有幸走进那神秘的营地。
零距离接触可爱的战士，
体验部队的氛围和传奇。

二

礼炮部队有着光荣的历史：
它的前身是冀中军区独立营，
在国内革命战争中严明执纪，
曾荣获"秋毫无犯连"奖旗；
在抗美援朝战争中功勋卓著，
"大功连"旗是对它的奖励。
1963.8.1 礼炮连在南苑成立，
1966 年奉调进京"赶考应试"，
1984 年初礼炮连改为现番号。
此后历次"应试"屡创优异：
在历次国庆周年重大庆典

154

及北京奥运中，勇挑安保重担，

先后五次集体立功，有口皆碑。

"双拥共建"一马当先受表彰，

营房中又添一面"标兵"奖旗。

礼炮鸣放，传承创新，看家绝技；

独领风骚，中国特色，巍峨丰碑。

开国大典，礼炮首次在京城响起，

华夏进入新纪元，开辟新天地。

1961.6.13 印尼总统苏加诺访华，

首次鸣炮迎宾，彰显大国礼仪。

1984.3.23 日本首相中曾根访华，

鸣炮时使用在抗战中从日寇手

中缴获的山炮，此事鲜为人知。

2008 年启用第六代新式礼炮，

中国研制，大气端庄，分外亮丽。

2014.5.18 礼炮在上海鸣响，

开创在外地鸣炮迎宾先例。

至 2016.4.18 新西兰总理访华，

执行鸣放礼炮任务已达 692 次。

692 啊，这不是一个普通数字，

唯有战士才能深刻体会其含义：

它记录着战士的奉献与豪情，

它记录着部队的发展和历史；

它见证了祖国的昌盛与威望，

它见证了祖国的辉煌和崛起。

光荣的共和国礼炮部队啊，

我为你点赞！我向你敬礼！

三

泱泱中华，礼仪之邦，海纳百川；
和平友好，相互尊重，不卑不亢。
炮声中有政策，规程精准执行：
21响迎元首，首脑到访19声。
国家不分大小，平等相待宾朋。
鸣放操作娴熟，动作规范优美；
展示大国风范，宾主友谊添增。
用汗水练就一身过硬本领，
用行动诠释对祖国的忠诚。
血气方刚，攀比奉献敬业；
脚踏实地，书写精彩人生。
可爱的共和国礼炮战士啊，
我为你们点赞！为你们欢腾！

四

礼炮部队是一座革命大熔炉，
它锻炼人才，铸就精英；
礼炮部队是国家的一张名片，
它为国添彩，赢得掌声；
礼炮部队是响亮的国际品牌，
它威武大气，久负盛名。
光荣的共和国礼炮部队啊，
我为你点赞！我为你欢鸣！

（2016.4.20）

辘轳诗

桂魄今宵分外明（组诗七律五首）
——欢呼中国脱贫

一

桂魄今宵分外明，神州响彻却贫声。
另开蹊径功将立，重振乡村业必成。
方案出台黎庶赞，鸿猷擘画世人惊。
华灯初上长安路，薄海欢腾正纵情。

二

朔风大驾逛京城，桂魄今宵分外明。
迁徙人家说愿景，脱贫农户唱欣荣。
莳梧多见凤凰影，筑路常闻远客声。
冬日乡村红似火，飘飘党旗引征程。

三

冬至将尽瑞雪生，夜来银粟盖燕京。
罡风晓日忒激烈，桂魄今宵分外明。
科技扶贫添虎翼，创新兴业助农耕。
梨园巡演如约到，村寨相迎鼓乐声。

四

邀岫游目雨烟轻，桥北山林锁啭莺。
智叟吟哦京剧调，村童嬉戏幼凤声。
浮云向晚堪稀淡，桂魄今宵分外明。
不尽通衢灯赤炽，满怀憧憬眺华京。

五

协力齐心大业成，治沙终见水流清。
穷根挖去粮仓满，沟坎移除道路平。
古井残宅说旧事，楼房街市启新生。
夕阳微笑轻盈去，桂魄今宵分外明。

（2021.1.10）

镰锤旗帜映天红（组诗七律五首）
——建党百年志庆

一

镰锤旗帜映天红，丕烈千秋万代功。
嘉兴航船惊宇内，井冈鼙鼓震苍穹。
雪山血战持枪寇，遵义遴拔掌舵公。
辗转铁流登陕北，貔貅举目笑东风。

158

二

危境民族斗恶风，镰锤旗帜映天红。
角吹号令狼烟迫，刀砍倭贼气势雄。
蒋氏兵丁成败寇，公敌窝点变囚笼。
伟人挥手城楼上，万众欢呼震碧空。

三

霸凌山姆犯癫疯，分界三八炮火隆。
帷幄青灯颁令迫，镰锤旗帜映天红。
上甘土炮轰顽寇，板门唇枪射恶熊。
慌乱残敌逃遁去，义师凯旅尽威风。

四

喜看甘霖伴煦风，华邦满目尽葱茏。
昔时欺侮遭逢者，今日翻身作主翁。
雄伟建筑拔地起，镰锤旗帜映天红。
巨人指点江山秀，历史欣然载懋功。

五

为民宗旨记初衷，动地惊天骏业丰。
勠力千军扶困弱，同心万众遣贫穷。
醒狮起舞飙歌处，华夏复兴筑梦中。
风雨期颐新起点，镰锤旗帜映天红。

（2021.4.5）

159

南国山庄写意（组诗七律五首）

一

几朵白云舞岳巅，金禽引颈唱炊烟。
马车蠕步桥头北，渔艇犁波野渡边。
堤岸黄杨莺啭啭，坳间渠槽水潺潺。
耕夫陌上哼金曲，红日一轮照大川。

二

牡鸡振翅唱炊烟，几朵白云舞岳巅。
花鼓响穷东麓树，农机声断北丘田。
园林农妇摘瓜果，晒场黄童放纸鸢。
陇亩耕夫游绿海，当空赤日照平川。

三

巽羽倾情唱灶烟，比拼野渡匿啼鹃。
半行大雁翀林顶，几朵白云舞岳巅。
农户欢愉巡稻浪，金乌微笑瞰山川。
学童假日湖堤上，流响呦呦觅劲蝉。

四

汗流浃背日中天，扑翅雄鸡唱灶烟。
送饭摩托停树下，运粮车队靠田边。
一群黄雀凌冈顶，几朵白云舞岳巅。
待到斜阳挥手去，耕夫煮酒话丰年。

160

五

一唱雄鸡灶冒烟，闻歌江渚打鱼船。
空中雁阵皆宾客，池里蓝床尽睡莲。
筑路民工穿北坝，赶集车马走东川。
圆轮奋力攀天幕，几朵白云舞岳巅。

（2020.1.16）

仲春（组诗七绝三首）

一

三月繁花分外红，赤轮作秀滚苍穹。
田园悄赶披新绿，锦绣华邦正满蓬。

二

山村草木尽葱茏，三月繁花分外红。
又是一年光景好，耕夫醉笑对春风。

三

垂柳弹吟绿意浓，桃花含笑雅园中。
黄蜂课蜜追新梦，三月繁花分外红。

（2017.4.10）

春光（组诗三首）

一

春光无限百花馨，水绿山青鸟欢鸣。
间阎开门纳紫气，铭感春光一片情。

二

河流湖泊水清泠，春光无限百花馨。
渔樵眺望江渚上，欢心哼唱"马摇铃"①。

三

林苑墙外马蹄轻，幽篁深处听啭莺。
甘霖无声润万物，春光无限百花馨。

（2017.4.12）

注：①"马摇铃"，指《饿马摇铃》，是经典粤曲，家喻户晓。

162

春光（组诗三首）

一

春风吹到咱村头，地里庄稼绿油油。
待到秋后算盘响，衣食住行不发愁。

二

春风吹到咱村头，庄稼地里奔铁牛。
期盼风调又雨顺，衣食住行不发愁。

三

春风吹到咱村头，农家活计早筹谋。
挥锄躬耕心激奋，衣食住行不发愁。

（2020.4.10）

嵌字诗

蚌蕴珠①（组诗四首）

（此组诗四首系嵌字诗，将唐代李商隐的无题诗——"昨夜星辰昨夜风，画楼西畔桂堂东。身无彩凤双飞翼，心有灵犀一点通。隔座送钩春酒暖，分曹射覆蜡灯红。嗟余听鼓应官去，走马兰台类转蓬。"——中的颔联和颈联分别嵌入四首诗中）

一、嵌入"身无彩凤双飞翼"

子"身"榜眼进山冲，径"无"陌路自从容。
云"彩"舒卷悠然去，丹"凤"展羽致力翀。
两"双"紫燕穿杨柳，单"飞"健鹜舞群中。
比"翼"同类总相伴，才子犹嗟似孤篷。

（2017.1.23）

二、嵌入"心有灵犀一点通"

渔樵"心"胸阔无边，泛舟"有"酿乐如仙。
兴头"灵"机出妙计，语锋"犀"利惊鳞潜。
撒出"一"网收三担，快步"点"点脚生烟。
绿色"通"道赶早市，众人正盼新海鲜。

（2017.1.24）

164

三、嵌入"隔座送钩春酒暖"

彼此相"隔"十光年，牛织两"座"各一天。

情郎暗"送"秋波去，弯弯月"钩"照娇妍。

改约仲"春"宵魄满，鹊桥把"酒"庆团圆。

金风送"暖"佳期近，吴刚点赞三百言。

（2017.1.24）

四、嵌入"分曹射覆蜡灯红"

佳节元宵"分"外甜，与邻共享"曹"府前。

四逸幽香"射"宅院，攒动人头"覆"窗帘。

迤逦石径"蜡"梅绽，缦回廊腰"灯"火胭。

劲舞烟花"红"焱焱，清辉应约照无眠。

（2017.1.25）

注：①题解"蚌蕴珠"：四首古风诗是"蚌"，李商隐的四句诗是"珠"。

回文诗

龙潭庙会拾趣

龙凤飞舞飞凤龙，中湖堆雪堆湖中。

幼童呼喊呼童幼，翁妪笑谈笑妪翁。

瘦堤堵拥堵堤瘦，红灯挂树挂灯红。

烤烧熏烟熏烧烤，松饼香脆香饼松。

水供急应急供水，风车猛转猛车风。

辣肠粉食粉肠辣，浓汤面条面汤浓。

变色圈子圈色变，蒙面猴戏猴面蒙。

盛会喜庆喜会盛，穹苍碧透碧苍穹。

（2019.2.7 己亥大年初三）

和巴山君

一、步原韵，并顶针

啸啸风劲雪飘"飘"，

劲雪飘飘落云"霄"。

飘落云霄景物"好"，

霄景物好展风"骚"。

倒读

"骚"风展好物景霄，

"好"物景霄云落飘。

"霄"云落飘飘雪劲，

"飘"飘雪劲风啸啸。

二、步原韵，不顶针

啸啸吼风大雪"飘"，

古都美景衬云"霄"。

悄悄岭顶披雪"好"，

飘飘轻雪醉客"骚"。

倒读

"骚"客醉雪轻飘飘，

"好"雪披顶岭悄悄。

"霄"云衬景美都古，

"飘"雪大风吼啸啸。

（2017.2.23）

和米茶诗友

雷火山爆山火雷，台阶通顶通阶台。

疠瘟散去散瘟疠，来鸿报喜报鸿来。

（2020.4.5）

顶针诗

一、顶针诗

力作咏在竹嗓
首　　　　音
千　　　　清
诗　鹤　韵
酒　　　　雅
斗　　　　伴
情　鸣　吟
动　　　　声
最　　　　正
歌飙醉痴如酣

（上文为一首顶针诗：
鸣鹤在竹嗓音清，音清韵雅伴吟声。
吟声正酣如痴醉，痴醉飙歌最动情。
动情斗酒诗千首，千首力作咏鹤鸣。）

（2023.1.19）

168

二、顶针诗

头颂隆昌金兔大驾临

水　　　　　　　　吾
歌　　　　　　　　乡
放　　　　　　　　黎
爱　　　　　　　　庶
情　　　　　　　　喜
心　　　　　　　　洋
扬　　　　　　　　洋
激　　　　　　　　欢
最　　　　　　　　乐
章　　　　　　　　度
华　　　　　　　　佳
景　　　　　　　　节

愿说酒美香馨备肴菜

（上文为一首顶针诗：

金兔大驾临吾乡，吾乡黎庶喜洋洋。

洋洋欢乐度佳节，佳节菜肴备馨香。

馨香美酒说愿景，愿景华章最激扬。

激扬心情爱放歌，放歌水头颂隆昌。）

赋闲拾趣

诗苑拾趣

牧歌两首

（画线处是诗社诗友的芳名或笔名）

一

春回大地煦满楼，水天一色眼底收。
双木成林物华秀，巴山蜀水景清幽。
温榆后人吟龙穴，粤西耕夫播垄头。
诗书画友唱白雪，青春永驻岁月稠。

二

碧水蓝天金地阔，彩川域广接衡庐。
玉峰南麓军守屯，尚耕间阎酿屠苏。
巨才练就延春术，还童返老树苗粗。
劳武 青松哥俩好，朝夕相处总帮扶。
学富五车皆广才，目不识丁是耕夫。
金雁衔来社长信：挥毫泼墨把袖撸。
皓首讴歌灭蝇虎，"一片冰心在玉壶"。

（2017.1.29）

172

灯谜十二则

一

万顷平湖眈碧落，烟波披黛衬玄穹。
《滕王阁序》双金句①，骚客芳名嵌此中。

（2017.2.1）

注：①《滕王阁序》双金句："落霞与孤鹜齐飞，秋水共长天一色。"
打本诗社一位诗友的笔名（谜底：水天一色）。

二

天增岁月人添劲，人添干劲不添岁。
童心依旧阅历深，芳颜如故山峦翠。

（2017.2.1）

打本诗社一位诗友的笔名（谜底：青春永驻）。

三

壁峭峰高心抖颤，诗仙感叹步行难。
大川汩汩清如许，一叶扁舟泛浅滩。

（2017.2.1）

打本诗社一位诗友的笔名（谜底：巴山蜀水）。

四

独往独来生寂影，同行兄弟蔽荒山。
阳春三月风和煦，荷助官民绿野滩。

（2017.2.2）

打本诗社一位诗友的笔名（谜底：双木成林）。

五

水波酣睡晚霞飘，赤炽江心似火烧。
景色斑斓游客醉，仙凫①引项唱逍遥。

（2017.2.2）

注：①仙凫是鸭的雅称。
打本诗社一位诗友的笔名（谜底：彩川）。

六

委黩陈根新绿盖，红梅尽占瘦枝头。
东来紫气江河暖，村寨开耕正运筹。

（2017.2.2）

打本诗社一位诗友的笔名（谜底：春回大地）。

七

墨客热吟风雅颂，骚人反串献羲^①风。

道玄弟子出新作，墨客骚人点赞同。

（2017.2.2）

注：①"献羲"，羲是指东晋大书法家王羲之，献是指王羲之的儿子王献之。在书法史上，王羲之父子合称"二王"。"道玄"即吴道子，是唐代著名画家，画史尊称"画圣"。

打本诗社一位诗友的笔名（谜底：诗书画友）。

八

琵琶韵味似啼莺，音调高低总是情。

信手弹出千古话，犹听四座点评声。

（2017.2.3）

打本诗社一位诗友的笔名（谜底：老曲）。

九

崇山岭顶立尊翁，历尽风霜体不躬。

老总吟哦多励志，丹心一片旷途中。

（2017.2.3）

打本诗社一位诗友的笔名（谜底：青松）。

岁

月

如

画

十

沐雨栉风弗言苦，最恨蛀虫和害鼠。

艰辛换得仓廪盈，庆丰锣钹伴狮舞。

（2017.2.3）

打本诗社一位诗友的笔名（谜底：耕夫）。

十一

杯里芳茗烟袅袅，盘中珠粒最充肠。

达人烹饪孰知晓？诗社吟哦退役郎。

（2022.5.7）

打本诗社一位诗友的笔名（谜底：米茶香）。

十二

茂才辞赋堪优雅，力作出炉大众惊。

学子传抄食寝废，顿飙纸价洛阳城。

（2023.1.26）

打本诗社一位诗友（谜底：段秀文）。

耕夫逛庙会（骈句）

苍昊碧，彩霞红。

旗帜熠熠，乐声隆隆。

人流飘墨带^①，铺位列长龙。

腰酸背疼路渺渺，脑胀心跳街朦朦。^②

鼓乐轰鸣，"大驾"出巡展慈爱；

人声寂静，"黎民"注目堆笑容。

绿纸扇，红灯笼。

吓猴气棒，惊雀弹弓。

典籍捉墨客，烛夜^③悦顽童。

经年古董吟古韵，卌载新歌咏新风。

店主忽悠，几多馋嘴当俘虏；

雄狮起舞，无数粉丝变哑聋。^④

朔风冽，节意浓。

高台披绿，瘦树挂红。

梨园唱腔艺，武术童子功。

风流倜傥皆大气，窈窕端庄尽雍容。

大腕登台，游客驻足添喜气；

名伶谢幕，戏迷呼叫起和风。

（2017.4.14）

注：①"人流飘墨带"：赶庙会的人穿着深色的寒衣，人流如墨带。此处化用乾隆皇的句型"万里长江飘玉带"。

②耕夫被夹在人群里，只能随大流向前走，颇感疲劳。

177

③"烛夜"是鸡的别名。因平仄原因，此处不能用"金鸡"，故改用别名。鸡年春节庙会，儿童的主要玩具都含有鸡的元素。

④"店主"此处指"美食店"老板。有些"美食"名不副实，但老板却在自卖自夸。"雄狮"实际上是人，所以它可以与"店主"对仗。"变哑聋"：雄狮起舞，鼓乐喧天，震耳欲聋。

耕夫徜徉大诗苑

春和景明备农耕，耕夫偷闲逛京城。
城关林莽清幽地，地里花丛正动萌。
萌芽百卉诗苑前，前庭荷池涟漪生。
生花梦笔尽骚客，客岁三秋聚侪朋。
朋辈胸怀鸿鹄志，志趣相投热血腾。
腾涌喷泉抛线曲，曲水流觞趣溢横。
横笛疏声悦鸟性，性灵陶冶心澈澄。
澄碧池边人相问，问询翘楚到未曾？
曾闻掌门立例惯，惯登擂台颁赛程。
程门立雪惹人笑，说笑耕夫半文盲。

（2017.2.26）

耕夫讲故事

耕夫说耕夫

一、发表了一首诗

话说耕夫午饭后在街心公园彳亍，眼睛盯着手机，正好碰上七步成诗的老曲。老曲问："耕夫，你忙啥啦？""我写了一首诗，刚发表了。"耕夫回答。老曲听后愣了一下，心想："你才认识七百多个字，就能写诗了？"但为了保护耕夫的积极性，老曲没有把怀疑的话说出来。

"好呀！是啥内容呀？"老曲笑问。

耕夫："关于秋天捉害虫的事呗。"

老曲："发表在哪刊物上？"

耕夫："朋友圈，刚发的。"

老曲："哦？！……"

二、"程门立雪"

话说，诗社有个惠民政策：只要课堂里有空位，非会员也可免费进去听课。这个好政策使耕夫能经常出现在诗社的课堂里，他坐在最后一排，用心听讲，从不做声。人们都认识他。他和老曲很熟。

这个周末的上午，耕夫又来了。老田问："耕夫，今天没讲座的，你怎么来了？"

耕夫："嗯，程门立雪。"

老田："哇，你进步好快嘛，连程门立雪你都知道。"

耕夫："那天社长在课堂上讲过的。"

老田："那你拜谁为师？"

耕夫："老曲，他同意了。"

老田："你拜过师了？"

耕夫："没有呐还。"

老田："为什么？"

耕夫："还未下雪呢。"

老田：……

（2017.11.20）

三、耕夫自我推介

（画线处是词牌名）

话说耕夫为了让外界更多地了解他的家乡，吸引更多的游客，以促进家乡旅游业的发展，他特请了诗社里一位戴眼镜的身材魁伟的长者代笔写了《耕夫自我推介》的帖子并已发到微信朋友圈和群聊中。帖子内容如下：

个人信息：

姓名：<u>南乡子</u>；乳名：<u>八六子</u>（1986 年生）；字：耕夫；专长：<u>采桑子</u>；爱好：<u>垂丝钓</u>。家庭住址：<u>甘州</u> <u>小重山芳草渡蓦山溪谒金门</u> 6 门 606 室。

家乡简介：

<u>小重山</u>离城关不远，<u>城里钟声</u>都能听得见。这是个风水宝地，<u>一寸土，一寸金</u>。溪流村边过，春季，<u>柳梢青青</u>，<u>鱼游春水</u>，满路花开，散发出淡淡的暗香。紫燕归来，<u>玉蝴蝶</u>飞来飞去。春光好极了！夏天，池塘里的荷叶铺水面，那双头莲长出奇特的花，雨天<u>绿头鸭</u>老在那里游荡着，鸭子好像特喜欢<u>雨中花</u>。池塘岸上的<u>柳枝</u>在雨中摇曳，热情地送来

180

清凉的<u>一丝风</u>。村中顽童经常下塘去<u>摸鱼儿</u>，高兴地哼唱<u>少年游</u>。

小重山脚下是一片松林，半山腰有个<u>燕山亭</u>，村民都管它叫"<u>高阳台</u>"。从那儿往南眺，可清楚地看见五里外的<u>凤凰阁</u>和<u>望仙楼</u>。秋天，<u>风入松</u>林，那风真凉爽呢。秋收季节，村民带饭和茶水到地头，<u>中午十二时</u>，在山亭吃晌饭。村头小西河畔的<u>横塘路</u>宽阔平坦，直通城关。这里风景特好，民风淳朴，村民热情好客。这是个能<u>留住客</u>的地方。

每逢<u>鹧鸪天</u>，村民住处的<u>后庭花</u>、<u>蝶恋花</u>和<u>解语花</u>同时绽放，<u>满庭芳</u>香。村民热烈欢迎诗社的朋友到小重山去，那里有一幢山庄旅舍让<u>留客住</u>。

诗人在那里，阴天闲观<u>冉冉云</u>，雨霁摇响<u>雨霖铃</u>，向晚静听<u>乌夜啼</u>，月升吹奏<u>月下笛</u>，夜阑追写<u>如梦令</u>。春来轻弹<u>梅花曲</u>，春去沉吟<u>留春令</u>，夏日满目<u>桂花香</u>，匝地芳草藏<u>马兰</u>。深秋风卷<u>霜叶飞</u>，残冬雪飘<u>望春回</u>。

端的是宾客慕名而来，满载而归。有分教，村民思<u>佳客</u>，宾客忆旧游。欲知<u>小重山</u>旅游业之发展详情，敬请继续关注耕夫发帖。

（2017.11.30）

四、耕夫学唱数字歌
（歌词中画线处均为词牌名）

话说《耕夫自我推介》发到微信群和朋友圈后，到小重山的游客逐渐增多，乡民们合股经营的山庄旅舍的生意也明显好起来了。耕夫和乡民们决定打"特色旅游牌"，作为切入点，先修缮燕山亭，增设长椅子，游客在亭内歇憩时，免费为他们

181

提供茶水，为他们唱山歌，介绍当地的掌故。诗社里那位戴眼镜的身材魁伟的长者继续义务为老乡们编写宣传材料。上周末，他为耕夫量身打造，写出了一首《数字歌》，并建议耕夫突击排练，赶在国庆 70 周年旅游黄金周期间在燕山亭隆重推出。果然不负众望，黄金周头一天，耕夫一开场就吸引了二十多名游客。他用当地的山歌曲调高声唱道：

一叶落去一江风，一点春意一萼红。
一斛珠玑市无价，一剪梅花情意浓。
二色莲蓬惹蜂蝶，二郎神彩也惊鸿。
三字令辞三部乐，三台春曲众动容。
四季花开四时好，四园竹林尽葱茏。
五供养曲音清丽，五更转后听鸣蛩。
六六峰顶云缥缈，六州歌头月朦胧。
七娘子词为双调，七娘仔曲争异同。
八声甘州八平韵，八音谐和如洪钟。
九回肠断思远客，九重春色喜相逢。
十拍子歌调轻快，十样花瓣芳气醴。
百媚娘子如仙女，百尺楼危似寒宫。
千秋岁月千年调，千春词语意千重。
万年枝叶苍松劲，万里春光日瞳瞳。

耕夫的歌声一落，众人热烈鼓掌，点赞声四起。突然，站在耕夫背后的一个大高个子使劲地拍了三下手，大声说："好！"耕夫猛然调头看，惊讶地说："哦，原来是您呀！"

（2019.10.5）

全文同音的故事（九则）

一、鹈恫冻

崈东垌，垌东峒。冬冻峒，峒鹈冻。

峒鹈恫冬冻。鹈动，咚！

注：崈是崈罗，地名，在广西。垌是田野。峒是山洞。鹈是一种鸟。

译文：崈罗的东边是一片田野，田野的东边有一个山洞。冬季时山洞寒冷，山洞里那只鹈鸟感到寒冷。鹈鸟怕冷，于是"咚"的一声飞离山洞。

二、古谷鹕

古谷鹕，孤鹕，咕咕咕。

鹕瞽，鹕股臌，故估孤鹕痼。

贾雇姑沽罟，罟鲴顾痼鹕。

（2016.1.8）

注：古谷是古老的山谷。瞽者瞎也。臌者鼓胀、肿胀也。痼者久疾难治也。贾是商贾。沽是买。罟作名词用是鱼网，作动词用是撒网。鲴是一种鱼。顾是照顾，此处指喂养。

译文：在那古老的山谷中，有一只鹕鸟，那孤独的鹕鸟发出咕咕的叫声。它的眼睛是瞎的，腿是肿胀的，看起来那是一只久病不愈的鹕鸟。一个生意人雇了一名村姑去买鱼网打鱼喂养那只生病的鹕鸟。（那个生意人可能是爱鸟协会的会员吧？）

三、亓祺

亓祺，其妻戚琪，耆、颀，栖淇埼。

淇埼崎，埼畦。淇鲯鳍绮，奇！

亓、戚骑骐埼畦。畦其萋萋。

蛴憩畦，亓、戚气，启锜。

蛴稽，泣乞亓、戚弃锜。

（2016.1.23）

注：耆，花甲之年。颀，身材修长。淇，淇水，在河南。埼，弯曲的河岸。鲯，鱼。

鳍，鱼的运动器官，由刺状的硬骨或软骨支撑薄膜构成。绮，绮丽。骐，青黑色的马。

蛴，金龟子幼虫。稽，下跪。锜，古代的一种兵器。

译文：亓祺和他的妻子戚琪已年过花甲，身材修长，择居河南淇河弯曲的河岸上。弯曲的河岸高低不平，那是一片畦田。淇河里有鲯鱼，那鱼鳍甚是绮丽，真奇！亓、戚夫妇骑着青黑色的马巡逻在弯曲河岸的畦田上。田里的豆其长得很茂盛。（可是发现）田里有金龟子的幼虫，亓、戚很恼火，遂挥锜（灭虫）。那虫下跪，哭着乞求亓、戚饶命（弃锜，别动用那兵器）。

四、史莳柿

史氏仕，师氏侍史。

史视事，史示势，示师：使士试莳柿。

失事！士弑史。师视史尸。

史逝，谥"莳柿"。

（2016.2.6）

注：仕：做官。视事：官员走马上任。莳：移植，栽种。弑："下杀上，谓之弑；上伐下，谓之征"。谥：给死者的称号。

译文：那姓史的人当官了，那姓师的是史的侍从。史走马上任，为显示他的权势，他指示师说：让属下试种柿树。（结果）出事了：姓史的被其属下干掉了。姓师的看过史的尸体。史死了，谥号"莳柿"。

点评：那姓史的是个坏官，不知是哪个朝代的人，死就死了吧。

184

五、事实？失实！

狮噬浉鲥。

鲥食鲋，鲋食鲴。

鸤食虱，鸹食柿。

豕食屎，鼫噬石。

嘘！事实？失实！

（2016.2.10）

说明：当下，网络信息中常夹杂着失实的信息，有些是以讹传讹，有些则是故意造谣，蛊惑人心，惟恐天下不乱。笔者写此文，是为了抨击故意造谣传谣者的恶劣行径，同时提醒网民切勿轻信失实有害信息，在转发信息时谨慎从事。

注：浉：浉河，在河南省。鲥、鲋是鱼。鲴，节肢动物，像臭虫，寄生在鱼类身体的表面。鸤，古书上指布谷鸟。鸹是鸟。鼫，古书上指鼫鼠一类的动物。

译文：狮子吃浉河里的鲥鱼。鲥鱼吃鲋鱼。鲋鱼吃鲴。鸤鸟吃虱子。鸹鸟吃柿子。猪吃屎。鼫鼠吞噬石头。嘘！这是事实吗？不，是失实！

六、范樊

范樊，番，饭贩。

范贩饭，凡、繁、烦。

反！范泛帆返番贩璠。

（2016.2.10）

注：番，指外国人。璠，美玉也。

译文：范樊是外国人，卖饭的。卖饭这营生平凡、烦琐，范感到厌烦。（后来）他不干了！他乘船回国做贩卖美玉的生意去了。

七、珍桢

珍桢甄浈鱲：真。

珍桢侦溱，圳榛榛，畛蓁蓁。

珍桢诊鸩，针鸩胗，鸩振。

珍桢诊"朕"疹，箴"朕"斟鸩，"朕"震。

（2016.3.4）

注：浈，水名，在广东。鱲，鱼的一种。溱，水名，在河南。圳，田边的水沟。榛榛，形容草木丛杂。畛，田地里的小路。蓁蓁，草木茂盛。鸩，传说中的一种毒鸟；一种毒酒；（作动词用）用毒酒毒人。胗，鸟类的胃。箴，劝告，劝诫。

译文：珍桢鉴定浈河里的鱲鱼，其结论是：真的。珍桢察看溱河，看到（河岸上）田边水沟处杂草丛生，地里小路旁草木茂盛。珍桢给鸩鸟看病，往鸟的胃部打了针，鸩鸟于是振作起来了。珍桢给皇上看疱疹，劝皇上服用毒酒，（引起）皇上震怒。

点评：看来，珍桢不仅善于辨别真伪，而且是一名医术高明的郎中。他竟敢劝皇上服用毒酒，大概是因为他极度痛恨皇上吧？

八、嬴莹瑛

颍，嬴莹瑛，颖。

颍盈璎，嬴营璎，赢。

颍萦樱，樱莺嘤嘤。

颍滢，颍映樱，颍映莺，颍映嬴，影盈颍。

（2016.7.18）

注：颍，河流，发源于河南，流入安微。璎：似玉的石头。
译文：在颍河流域有个叫嬴莹瑛的人，他很聪明。颍河盛产一种似玉

的石头叫璎石。赢做璎石的生意，挣了钱。颍河环绕着樱树林，树林里的黄莺嘤嘤地叫。颍河水清澈透明，河岸上的樱树、黄莺和赢莹瑛在河里有倒影，倒影弥漫了颍河。

九、QIU

秋。丘求仇，丘訄仇，丘赇仇。
糗！丘、仇，囚！

（2016.11.12）

译文：（事情发生在）秋天。那姓丘的求那姓仇的帮办事，丘威逼仇，并对仇进行贿赂。

丑事一桩呀！（结果）丘、仇俩都进去啦！

背景介绍：据说，那姓丘的是某地的"暴发户"，有黑社会性质组织背景；那姓仇的曾是一名厅级腐官，当地百姓管他叫"大苍蝇"。

成语接龙

月

如

画

一、成语接龙·鹤鸣

（百字歌，贺老外交官诗社诗刊《鹤鸣》问世，鹤字开头，鸣字正好在第100个字处结尾。寓意：鹤发童颜初心驻，百花园里齐争鸣）

"鹤"立鸡群——群贤毕集——集腋成裘——裘马轻肥——
肥醲甘脆——脆而不坚——坚如磐石——石火光阴——
阴雨晦冥——冥思苦索——索然寡味——味如嚼蜡——
蜡烛精神——神籁自韵——韵味十足——足音跫然——
然糠自照——照本宣科——科头箕踞——踞虎盘龙——
龙战玄黄——黄粱美梦——梦寐以求——求之不得——
得意自"鸣"

（2021.7.30）

二、成语接龙·千字文

（龙字开头，龙字结尾）

"龙"凤呈祥——祥云瑞彩——彩衣娱亲——亲疏贵贱——
贱敛贵出——出奇制胜——胜友如云——云谲波诡——
诡谲怪诞——诞幻不经——经纶满腹——腹心相照——
照功行赏——赏心悦目——目不暇接——接踵比肩——
肩背相望——望眼欲穿——穿云裂石——石泐海枯——
枯木逢春——春风化雨——雨露之恩——恩高义厚——
厚德载物——物换星移——移宫换羽——羽扇纶巾——
巾帼须眉——眉清目秀——秀外慧中——中原逐鹿——
鹿伏鹤行——行远自迩——迩安远至——至理名言——
言简意赅——赅博渊深——深藏若虚——虚怀若谷——

谷马砺兵——兵不血刃——刃树剑山——山高水长——
长驱直入——入木三分——分庭抗礼——礼贤下士——
士马精强——强词夺理——理胜其辞——辞尊居卑——
卑躬屈膝——膝痒搔背——背腹受敌——敌忾同仇——
仇人相见——见贤思齐——齐眉举案——案牍劳形——
形影相吊——吊古寻幽——幽情雅趣——趣舍有时——
时不我待——待时而举——举案齐眉——眉清目朗——
朗月清风——风雨同舟——舟中敌国——国色天香——
香车宝马——马首是瞻——瞻星揆地——地老天荒——
荒诞无稽——稽古振今——今非昔比——比量齐观——
观变沉机——机关算尽——尽释前嫌——嫌长道短——
短见薄识——识文断字——字夹风霜——霜气横秋——
秋毫无犯——犯颜直谏——谏鼓谤木——木已成舟——
舟车劳顿——顿开茅塞——塞耳盗钟——钟鸣鼎食——
食不下咽——咽苦吞甘——甘拜下风——风卷残云——
云开雾散——散马休牛——牛头马面——面目全非——
非同寻常——常胜将军——军令如山——山高水长——
长驱直入——入木三分——分庭抗礼——礼贤下士——
士饱马腾——腾蛟起凤——凤毛麟角——角立杰出——
出奇制胜——胜券在握——握蛇骑虎——虎啸龙吟——
吟花咏柳——柳暗花明——明火执仗——仗义疏财——
财运亨通——通衢广陌——陌路相逢——逢山开路——
路不拾遗——遗闻轶事——事必躬亲——亲临其境——
境由心生——生机勃勃——勃然大怒——怒发冲冠——
冠冕堂皇——皇天后土——土崩瓦解——解甲归田——
田夫野老——老泪纵横——横槊赋诗——诗情画意——
意气高昂——昂首挺胸——胸有成竹——竹烟波月

月朗星稀——稀世之珍——珍馐美馔——馔玉炊金——
金瓯无缺——缺一不可——可歌可泣——泣下沾襟——
襟怀磊落——落英缤纷——纷至沓来——来龙去脉——
脉脉含情——情深似海——海市蜃楼——楼船箫鼓——
鼓乐喧天——天罗地网——网开一面——面红耳赤——
赤壁鏖兵——兵不厌诈——诈败佯输——输肝沥胆——
胆小如鼠——鼠肚鸡肠——肠肥脑满——满腹牢骚——
骚人墨客——客随主便——便辞巧说——说三道四——
四面楚歌——歌舞升平——平步青云——云蒸霞蔚——
蔚为大观——观隅反三——三教九流——流觞曲水——
水乳交融——融会贯通——通宵达旦——旦夕之危——
危言耸听——听而不闻——闻风丧胆——胆大妄为——
为富不仁——仁至义尽——尽善尽美——美不胜收——
收之桑榆——榆枋之见——见怪不怪——怪声怪气——
气势汹汹——汹涌湍急——急功近利——利欲熏心——
心急如焚——焚琴煮鹤——鹤立鸡群——群龙无首——
首善之区——区区小事——事过境迁——迁思回虑——
虑周藻密——密锣紧鼓——鼓唇弄舌——舌战群儒——
儒雅风流——流芳百世——世外桃源——源头活水——
水到渠成——成人之美——美意延年——年逾古稀——
稀奇古怪——怪诞诡奇——奇货可居——居功自傲——
傲雪凌霜——霜气横秋——秋月寒江——江郎才尽——
尽忠报国——国家栋梁——梁上君子——子虚乌有——
有恃无恐——恐后无凭——凭河暴虎——虎落平阳——
阳春有脚——脚踏实地——地久天长——长篇大论——
论世知人——人中之"龙"。

（2020.1.29 农历庚子年大年初五）

190

三、成语接龙·脱贫

（脱字开头，贫字结尾）

"脱"颖而出——出奇制胜——胜友如云——云蒸霞蔚——
蔚为大观——观变沉机——机深智远——远求骐骥——
骥子龙文——文韬武略——略窥一斑——斑驳陆离——
离合悲欢——欢呼雀跃——跃马扬鞭——鞭辟入里——
里谈巷议——议论纷纷——纷至沓来——来龙去脉——
脉脉含情——情窦初开——开门揖盗——盗铃掩耳——
耳熟能详——详情度理——理屈词穷——穷兵黩武——
武断专横——横征暴敛——敛锷韬光——光风霁月——
月朗星稀——稀世之珍——珍楼宝屋——屋乌之爱——
爱莫能助——助桀为虐——虐老兽心——心照不宣——
宣化承流——流言蜚语——语无伦次——次第入座——
座无虚席——席丰履厚——厚积薄发——发号施令——
令行禁止——止戈散马——马首是瞻——瞻前顾后——
后发制人——人心向背——背水一战——战战兢兢——
兢兢业业——业精于勤——勤慎肃恭——恭而有礼——
礼贤下士——士穷见节——节外生枝——枝叶扶疏——
疏财仗义——义胆忠肝——肝脑涂地——地老天荒——
荒诞不经——经纶满腹——腹背受敌——敌忾同仇——
仇人相见——见贤思齐——齐眉举案——案牍劳形——
形迹可疑——疑惑不解——解甲归田——田野自甘——
甘拜下风——风雨同舟——舟车劳顿——顿足捶胸——
胸有成竹——竹报平安——安步当车——车水马龙——
龙凤呈祥——祥云瑞彩——彩凤随鸦——鸦雀无声——
声情并茂——茂林修竹——竹马之交——交淡如水——
水乳交融——融汇贯通——通衢广陌——陌路相逢——

逢凶化吉——吉人天相——相得益彰——彰善瘅恶——
恶积祸盈——盈盈欲笑——笑里藏刀——刀光剑影——
影只形孤——孤掌难鸣——鸣金收兵——兵戎相见——
见微知著——著作等身——身单力薄——薄唇轻言——
言不谙典——典则俊雅——雅俗共赏——赏心悦目——
目不暇接——接踵而至——至诚高节——节衣缩食——
食不果腹——腹载五车——车水马龙——龙凤呈祥——
祥风时雨——雨覆云翻——翻江倒海——海市蜃楼——
楼船箫鼓——鼓唇弄舌——舌战群儒——儒雅风流——
流光溢彩——彩笔生花——花好月圆——圆孔方木——
木石心肠——肠回气荡——荡然无存——存心不良——
良莠不齐——齐家治国——国色天香——香象渡河——
河清海晏——晏然自若——若即若离——离群索居——
居之不疑——疑神疑鬼——鬼斧神工——工力悉敌——
敌国外患——患难与共——共商国是——是非曲直——
直言不讳——讳疾忌医——医时救弊——弊衣箪食——
食甘寝宁——宁缺毋滥——滥竽充数——数典忘祖——
祖功宗德——德高望重——重修旧好——好言相劝——
劝善惩恶——恶语相加——加人一等——等量齐观——
观过知仁——仁至义尽——尽释前嫌——嫌长道短——
短兵相接——接踵比肩——肩背相望——望眼欲穿——
穿凿附会——会少离多——多愁善感——感激涕零——
零落山丘——丘山之功——功德圆满——满城风雨——
雨露之恩——恩怨分明——明察秋毫——毫厘千里——
里勾外连——连锁反应——应运而生——生财有道——
道骨仙风——风餐露宿——宿弊一清——清辞丽曲——

192

曲高和寡——寡闻少见——见贤思齐——齐驱并驾——

驾轻就熟——熟读深思——思绪万千——千帆竞发——

发威动怒——怒目而视——视富如"贫"——贫贱不移——

移星换斗——斗转参横——横戈跃马——马如游龙——

龙潭虎穴——穴居野处——处高临深——深居简出——

出言不逊——逊志时敏——敏而好学——学富五车——

车载斗量——量才录用——用心良苦——苦思冥想——

想望风采——采薪之忧——忧心如焚——焚琴煮鹤——

鹤发童颜——颜面扫地——地瘠民"贫"

（2020.12.12）

四、成语接龙·罗定

（"罗"字开头，"定"字结尾）

"罗"雀掘鼠——鼠肚鸡肠——肠回气荡——荡然无余——

余桃啖君——君子协"定"

（2023.9.29）

五、成语接龙·船步

（"船"字开头，"步"字结尾）

"船"骥之托——托物感怀——怀璧其罪——罪恶昭彰——

彰善瘅恶——恶贯满盈——盈则必亏——亏名损实——

实至名归——归真返璞——璞玉浑金——金石为开——

开宗名义——义薄云天——天网恢恢——恢宏气势——

势如破竹——竹烟波月——月黑天高——高视阔"步"

（2023.9.26）

六、成语接龙·水头

（"水"字开头，"头"字结尾）

"水"秀山明——明察秋毫——毫不迟疑——疑事无功——
功德圆满——满面春风——风卷残云——云窗霞户——
户枢不蠹——蠹国殃民——民安国治——治兵振旅——
旅进旅退——退让贤路——路遥知马——马首是瞻——
瞻星揆地——地动山摇——摇唇鼓舌——舌战群儒——
儒士成林——林籁泉韵——韵律启蒙——蒙冤受屈——
屈尊驾临——临渊羡鱼——鱼贯而入——入死出生——
生死关"头"

（2023.1.15）

七、嵌字成语接龙·诗界话中秋

（"诗"字开头，"秋"字结尾，"界话中"三个字分嵌其中）

"诗"礼之家——家徒四壁——壁垒森严——严霜烈日——
日理万机——机关算尽——尽诚竭节——节外生枝——
枝叶扶疏——疏而不漏——漏尽更阑——阑风伏雨——
雨露之恩——恩荣并济——济世安邦——邦家之光——
光风霁月——月朗风清——清平世"界"——界天穿地——
地老天荒——荒烟蔓草——草菅人命——命若悬丝——
丝竹八音——音吐明畅——畅所欲言——言归正传——
传为佳"话"——话不虚传——传道受业——业峻鸿绩——
绩学之士——士马精强——强人所难——难以置信——
信口雌黄——黄粱美梦——梦寐以求——求全责备——
备尝艰苦——苦不堪言——言必有"中"——中庸之道——
道貌岸然——然糠自照——照本宣科——科班出身——

身体力行——行云流水——水涨船高——高枕无忧——
忧国忧民——民殷国富——富于春"秋"

（2023.9.27）

八、成语接龙·中秋

（"中"字开头，"秋"字结尾）

"中"原逐鹿——鹿伏鹤行——行云流水——水月镜花——
花红柳绿——绿肥红瘦——瘦骨如柴——柴天改物——
物以类聚——聚少成多——多事之"秋"

（2023.9.26）

九、成语接龙·国庆

（"国"字开头，"庆"字结尾）

"国"色天香——香车宝马——马首是瞻——瞻星揆地——
地老天荒——荒诞不经——经纶满腹——腹心相照——
照功行赏——赏贤罚暴——暴虎冯河——河清云"庆"

（2023.9.26）

十、嵌字成语接龙·节日欢乐

（"节"字开头，"乐"字结尾，将"日欢"二字分嵌其中）

"节"俭躬行——行不由径——径行直遂——遂心快意——
意味深长——长年累月——月落屋梁——梁上君子——
子虚乌有——有朝一"日"——日进斗金——金刚怒目——
目不暇接——接踵而来——来鸿去燕——燕婉之"欢"——
欢苗爱叶——叶公好龙——龙腾虎跃——跃马扬鞭——

鞭辟近里——里谈巷议——议论风生——生财有道——
道骨仙风——风华正茂——茂林修竹——竹报平安——
安身立命——命在旦夕——夕寐宵兴——兴师问罪——
罪恶滔天——天伦之"乐"

（2023.9.28）

山　歌

拗口山歌

指鹿为马太荒唐，说骉腿麤是怪腔。
新鱻羊肉味不羴，颙颙疯猋费思量。
耕夫挥锄汗浃背，儿歌最悦田舍郎。

（2016.3.7）

拗口山歌

骉骉军旅马蹄骍，垚垚原野羊味羴。
鑫鑫商城楼宇蟲，淼淼烟波潜鳞鱻。
雷电声轟光晶晶，大象毛毳腿麤麤。
蟲读寻音何处查，羴字念心你信不？
靐字读病不是病，麤字念毳是何故。
猋读飞音是啥意，麤字念榻难老粗。
生僻汉字不提倡，偶尔摆弄图乐呵。
垄头儿歌谁吟哦？灌园食力一耕夫。

（2016.3.12）

拗口山歌

金龙龘龘跃上天，犟牛犇犇冲向前。
骏马驫驫驰旷野，山羊羴羴爬峰巅。
家犬猋猋钻深洞，鸿鹄飝飝穿岚烟。
鳜鱼肉嫩鱻鱻味，麋鹿肥硕麤麤圆。

（2024.1.10）

注：驫（biāo），许多马跑的样子。犇（bēn），同“奔”。垚（yáo），山高。羴（shān），同“羶”。猋（biāo），迅速，同“飙”。贔屓（bì xì），传说中的一种动物，像龟。鑫（xīn），财富兴成。淼（miǎo），水大的样子。鱻（xiān），同“鲜”。皛（xiǎo），明亮也。毳（cuì），鸟兽的细毛。麤（cū），同“粗”。灥（xún）、馫（xīn）、靐（bìng）、厵（yuán）、飝（fēi）、龘（dá）6字未编入《现代汉语词典》。

带诗友笔名的山歌

（画线处均系诗友笔名）

春回大地彩川媚，水天一色白云稀。
碧寥金雁绣人字，绿丝老杨钓瘦堤。
玉峰南麓雨擂鼓，树林西岭风展旗。
诗书画友铸经典，长青树苗发华枝。
魁俊惯吟夺魁句，凡章常赋非凡诗。
经纶满腹众广才，耕夫钦羡复称奇。

（2017.11.24）

三句半

一、幸福老童迎新春

锣鼓叮咚迎金猴，在座同志心欢笑，支部举办联欢会，
——热闹！

冬去春来又一年，今天大伙来团圆，先给诸位鞠个躬，
——拜年！

我们这群老年人，戎马倥偬几十年，而今解甲归了田，
——赋闲。

我们这群老年人，时间大腕也风流，日日都是礼拜天，
——真爽！

我们这群老年人，颐养天年衣食丰，天天都像过大年，
——知足！

我们这群老年人，城市公交免费坐，看病吃药不花钱，
——方便。

生活丰富又多彩，唱歌跳舞又打牌，书画作品展出来，
——精彩！

我们这群老年人，无怨无悔忆往事，积极向上看未来，
——自豪！

我们这群老年人，阳光心态看春秋，不忘传递正能量，
——豪迈！

赋闲感悟人生，坚守精神家园，醉笑斑斓彩霞，
——骄傲！

感谢老干局，感恩共产党，祝福亲爱的祖国，
——繁荣富强！

（2016.2.3）

199

二、戏说《新版三句半》

刚才听了《三句半》，句句乐翻退休郎。
霜华满鬓童心在，老夫聊作少年狂。

推出新版三句半，新旧比较又何妨。
新版新意在何处？新在半句特别长。

你那半句最精练，我这半句特冗长。
欲知冗长是啥样，请看如下廿二行：

民巷迎春茶话会，鹤发老童喜洋洋。
感谢中心多辛勤，日夜精心布会场。
摆放道具和奖品，犹备茶水与果糖。
忽听门外欢声起，原是周局到现场。
喜悦心情溢言表，以茶代酒共举觞。
香茗引出话串串，大事小事与家常。
追忆往昔峥嵘日，珍惜而今好时光。
童年艰辛年难过，而今小康有余粮。
缅怀伟人毛主席，感恩救星共产党。
拥护决议两确立，贯彻习总好主张。
莫道桑榆生暮气，前头满目尽春光。

现在我再请问你，我这半句长不长？
如若认为不够长，让我再续二十行。

（2024.2.4 立春）

诗 钟

　　"诗钟"是什么？《辞海》上的解释是："诗钟是一种文字游戏。任取意义绝不相同的两词，或分咏或嵌字，要求凑合自然，对仗工整。"这是诗钟的定义，是对诗钟的高度概括。

　　诗钟曾是富有人家书香子弟、秀才文人的一种游戏，堪比兰亭雅聚、曲水流觞，属"阳春白雪"。当然，在旧社会它与广大劳苦群众毫无关系。

　　诗钟的最大价值在于它能有效地培养文字写作能力，它是学习对偶技巧的一种训练方法，又是欣赏对偶佳趣的一种文字游戏。

　　诗钟有其一套游戏规则和术语。这里先介绍"钟题"和"钟联"：钟题即游戏的题目，内容包括题字、术语（表示对游戏的具体要求）。钟联就是一副七言对联，此对联相当于七律中的颔联或颈联，但钟联比诗联更严，要求对仗工稳：词性相同、格律相对、意联相谐（要求按题字把风牛马不相及的两件事物连在一起，形成浑然一体的诗联）。

　　钟联的格律句式只有两种：平起句式和仄起句式。平起句式，上联，平平仄仄平平仄；下联，仄仄平平仄仄平。仄起句式：上联，仄仄平平平仄仄；下联，平平仄仄仄平平。钟联的格律要求很严，不能出律。

　　赛诗钟，简言之，就是参赛者在接钟题后在规定的时间内作出一副符合要求的钟联。过时交卷者为输家，当吃罚酒。

　　诗钟的格式分四种：合咏格、分咏格、笼纱格、嵌字格。

　　这里先略谈嵌字格。嵌字格即将题字按要求分嵌于钟联内。由于所嵌文字的位置不同而有不同的术语（格），通常有23个游戏术语（格）。以下是其中的9个格：魁斗格、蝉联格、轆轤格、比翼格、雁足格、碎锦格、汤网格、双钩格、凫胫格。以此9格为例，笔者试作相应9副钟联，意在抛砖引玉，尚望方家不吝赐教。

一

钟题：蝉　鸣　　魁斗格（将两题字分嵌于上联的第一字及下联的第七个字）

钟联：蝉藏绿柳哪哪叫　鹤立高枝唳唳鸣

〇平〇仄平平仄　〇仄平平仄仄平

二

钟题：外　交　　蝉联格（将两题字分嵌于上联的第七字及下联的第一个字）

钟联：表态应当分内外　交谈何必比高低

〇仄〇平平仄仄　〇平〇仄仄平平

三

钟题：耕　子　　轆轤格（将两题字分嵌于上联开头及下联第二字处）

钟联：耕夫岁岁修仓廪　才子天天赋秀文

四

钟题：贤　英　　比翼格（将两题字分嵌于上联第三字处和下联第三字处）

钟联：诗苑贤才吟绿水　画坛英秀写蓝天

202

五

钟题：柳　苗　　雁足格（将两题字分嵌于上下联的第七个字）

钟联：龙潭湖岸新垂柳　泰岱巅峰老树苗

六

钟题：红 雪 南 风　　碎锦格［又称鸿爪格，将题字（两字或以上）分嵌于钟联中，但不得相连］

钟联：北苑红廊观雨雪　南楼绿径看风云

七

钟题：龙 旺 兴　　汤网格（将三个题字任意分嵌于两句之首末，而成网开一面之格局）

钟联：龙潭庙会年年旺　洱海灯节岁岁兴

八

钟题：羊 马 花 松　　双钩格（将四个题字分嵌于上下联的首尾）

钟联：羊圈焉奔千里马　花盆难种万年松

九

钟题：果　茶　　凫胫格（又称六唱，将两题字分嵌于上联和下联的第六字处）

钟联：点赞新村蔬果绿　助推故土米茶香

一个关于古代文人赛诗钟的小故事

据传，北宋时，有一天，苏轼及其父亲苏洵、弟弟苏辙、妹妹苏小妹一起参加赛诗钟。

钟题：冷 香 雁足格（七唱）

他们做出的钟联分别是：

苏洵

水向石边流出冷，风从花间过来香

苏轼

拂石坐来衣带冷，踏花归去马蹄香

苏小妹

叫月杜鹃喉舌冷，宿花蝴蝶梦魂香

苏辙

隔院风疾紫燕冷，卷帘人瘦黄花香

另，据资料记载，苏小妹的夫婿秦少游也参加了上述活动，他做出的钟联是：

嫩寒销魂因春冷，芳气袭人是酒香

看了古代文人赛诗钟，笔者童心萌动，并就上述钟题做钟联如下：

（一）风吹水榭萧萧冷，花绽诗坛阵阵香

（二）寒气敲窗吹燥冷，芳茗扑面逸幽香

（三）冬钓渡头扎手冷，秋游花海逗鼻香

（四）偶饮冰茶心颤冷，惯酌绿蚁嘴生香

（五）雁阵迁居嫌水冷，蜂群课蜜嗜花香

（六）屾山顶上伤心冷，丹桂园中分外香

注：此处之"伤心"为极甚之辞。

词

沁园春　喜迎二十大

十月霆雷，传递金经[①]，唤醒北平。谧舟[②]敲方略，
南昌起义，井冈鼓角，壮烈长征。铁马金戈，
燎原星火，烧得三山尽倒倾。犹见证，响廿八礼炮，
地动天惊。
华天举目欣荣，更喜改开国力猛增。迈进新时代，
初衷弗忘，继赓懋业，又上征程。拥戴核心，尊崇舵手，
舸有罗经航路明。击钹鼓，迎金秋盛会，追梦复兴。

（2022.9.1）

注：①"金经"系指马列主义。
　　②"谧舟"系指南湖红船。

水调歌头　铁军颂

起义南昌地，辗转井冈山。镰锤旗帜开路、勇毅战敌顽。
书写长征壮举，击溃凶残倭寇，蒋氏庙堂掀。枪杆辟新宇，
丕业曜人寰。
跨鸭绿，揍山姆，最欢颜。和平年代、排难抢险总当先。
勇士初心依旧，紧握钢枪在手，热血保家园。钢铁长城在，
天下稳如磐。

（2022.8.15）

水调歌头　开拓

——纪念改革开放四十周年

禁锢终冲破，体制谱新篇。打开门户通气，虫蚁铁纱拦。

蹚道扶筇跋涉，更有罗经定向，自信似石磐。巅顶看风景，红日照平川。

届不惑，惊旧貌、换新颜。殷实家道，弹唱绿水绕青山。

毋忘安澜自勉，且看鹍鹏骞翮，追梦总扬鞭。前路宽如许，祥瑞降华天。

（2018.7.28）

临江仙　甲辰元宵节写怀

桂魄浓妆新出镜，九州共咏金蟾。花灯鞭炮动长天。

闾阎烟火旺，笑语煮汤团。

感悟清辉传美意，顿觉心荡漪涟。海峡犹似万重山。

两边相企盼，何日庆团圆？

（2024.2.24 正月十五元宵节）

图为作者（左，1964 年 5 月入党），及其夫人宋淑芳（1969 年 11 月入党）

临江仙　**在党 57 年咏怀**

激越情怀难自控，崇高堪比苍穹。举拳面向党旗红。
半百沧海变，依旧我初衷。
心有罗经能定向，莫愁水复山重。桑榆犹爱忆行踪，
山歌给党唱，肺腑最情浓。

（2021.5.12）

十六字令　疫期小区封控（两首）

一

封，蔽日乌云气势汹。
静等候，赤轮滚长空。

二

封，斗室悠然坐若钟。
犹点赞，白褂战瘟虫。

（2022.5.31）

满江红　京城闹新春

大驾金龙，威风凛、莅临京域。最捉眼、城楼肃穆，
辉煌金碧。十里长街人影动，百台卉圃花香逸。
看华灯、明亮复温馨，添春色。
对联贴，灯笼挂；年货足，仓廪实。万家灯火处、
围炉开席。春晚盛筵央视请，风情庙会龙潭觅。
共此时，薄海尽欢腾，神州赤。

（2024.2.3）

满江红　建党百年

长夜深沉，擎火炬、艰辛引路。风雷起、六合呼应，
旌旗鼚鼓。枪杆根除黑社会，铁拳开创新寰宇。
最欢欣、看锦绣江山，归黎庶。

期颐庆，穷变富。汤池筑，金城固。几多沟与坎，
几多风雨。脱困扶贫镌史册，复兴逐梦敲新句。
不停歇、今又续征程，心如故。

（2021.5.5）

满江红　忆母校船中

进得开阳①，拓视野、欢欣鼓舞。最怀念、尊师重教，
清风盈府。镇日蝉鸣②催奋进，通宵蛙叫褒勤苦。
炼铁骨，壮志作云梯，登苍宇。

比踔厉，标杆竖。崇贤辈，思齐步。赞园丁奉献，
功勋卓著。汗水洒挥桃李劲，甘霖滋润繁英吐。
忆船中，梦绕总魂牵，心如故。

（2022.5.25）

注：①开阳系指开阳中学，1944 年 7 月创立，1953 年至 1956 年笔者
在此就读初中。开阳中学后改名罗定第五初级中学，现名为船步中学（简称
船中）。

② 蝉鸣、蛙叫，校舍周边原有一棵大榕树和许多龙眼树，夏日劲蝉在
树上大鸣大放。学校正门外有两眼鱼塘，塘里的青蛙在夜里擂鼓至黎明。

满江红　北京冬奥会

国运昌隆，办大事，风云际会。众钦赞，果然精彩，
诺言现兑。剔透冰场穿紫燕，蜿蜒雪道飘霓旆。
助威声，似虺虺春雷，惊天外。

黑科技，绝活晒。从天降，神仙菜。看真诚待客，
热情和蔼。赛场角逐循法度，体坛友谊无疆界。
柳枝折，别去总情怀，燕山赛。

（2022.3.3）

满江红　**汤汤清水进京来**

玉带飘飘，越千里、天惊地动。似甘露、泽润都域，
情深义重。世上天河百代叹，尘寰杰作千秋颂。
犹感恩、饮水必思源，铭心永。

架槽渡，凿山洞；勋业竣，心潮涌。六十年谋略，
志专心共。同饮一渠清澈水，齐筑久远安居梦。
最应是，点赞绘图人①，歌民众。

（2016.10.16）

注：①"绘图人"是指毛主席，南水北调工程的设想是1952年毛主席
首先提出来的。

213

水龙吟　龙潭庙会

灯笼点缀园林，瘦枝赤炽随风曳。天兵列队，斯文步履，两难进退。熠熠旌旗，暖阳普照，悠然惬意。大堤人屏障，湖心雪域，同台演、甲辰戏。

传统习俗守正，犹惊呼、创新绝技。美食诱惑，垂涎馋嘴，不能自己。木马秋千，冰车嬉戏，尽俘童稚。喜闻骚客唱，寻声而至，龙吟阁[1]里。

（2024.2.7）

注：①龙吟阁位于龙潭湖公园西南部，富丽堂皇，四面环水，是园内最大的一组木质结构建筑。

水龙吟　南海风云

烟波浩渺千秋，汉风唐韵[1]音清丽。青螺碧水[2]，华天海域，有文载记。老寇侵凌，抗争惨烈，保疆奋力。睨雄狮崛起，西霸恐惧，要干扰、施阴计。

操纵喽啰蹿跳，演"裁决"、自鸣得意。神州发话："仲裁"非法，一张废纸。新恶兵讹，错估形势，仓皇逃匿。赞南溟祖业，貔貅坚守，铁钢心志！

（2016.11.5）

214

风入松 平北红色第一村——沙塘沟村

层峦深锁旧疆场，众口赞沙塘①。恶倭暴虐"三光"策，绝人寰、丧尽天良。红色星火播种，寨村风雨苍黄。

游击神秘转山庄，百姓暗筹粮。"消息树"②上金睛眼，敌心颤、志忑恐慌。寇灭激励人志，感天勋业传扬。

（2016.5.22）

注：①沙塘沟村坐落在北京市延庆区大庄科乡。沙塘沟村在抗日战争期间是平北抗日根据地最早地区，1938 年共产党在这里播下了革命种子，发展了 6 名党员，建立了平北地区第一个农村党支部。沙塘沟村被誉为"平北红色第一村"，成为革命传统教育基地，并建立"平北红色第一村纪念馆"。
②"消息树"，沙塘沟村南 200 米处有一座山叫"站岗梁"，山上有树。抗战年代，村民在山顶树上站岗放哨。故"站岗梁"又名"消息树"。

蝶恋花 双虹与彩霞共舞

向晚帝都逢雨霁，东挂虹霓、西演烧云戏。[①]
广众凝神天际眈，争相刷屏消息递。

山后夕阳玩技艺[②]，妆饰京华、分外江天丽。
悄寂收官身隐去，长留佳话三千句。

（2016.5.24）

注：① 2016 年 5 月 23 日 19：25，北京雨后放晴，西边彩霞满天，东边
惊现双彩虹（虹和霓），气象万千，绚丽夺目。
②夕阳玩技艺，夕阳是雨霁奇观的"总导演"。

江南春　节能天灯

（2016 年 6 月 21 日寅夜，笔者从阳台看见一轮淡月正好运行到住处社
区外南面的大烟囱顶端，酷似一盏巨无霸天灯）

山静静，夜朦朦。烟囱托淡月，高树指苍穹。
天灯弹唱节能曲，烘衬妫川环保功。

（2016.6.26 于延庆妫水湖旁）

醉花阴　戏说广场驱暑

初放华灯飙热舞，劲曲冲天宇。熟客踏声来，义举情怀，入列齐驱暑。

莫言流汗难熬苦，一箭双雕术：换得体苗条，击溃桑拿，[①]惬意伤心酷。[②]

（2017.8.2 于延庆）

注：①击溃桑拿：延庆地处山区，夏日，太阳下山后，凉风渐起，待到晚上九时许广场舞结束时，气温已明显降低。

②伤心：此处是"非常"的意思。见李白词句"平林漠漠烟如织，寒山一带伤心碧"；杜甫诗句"清江锦石伤心丽，嫩蕊浓花满目班。"

浪淘沙　步韵奉和巴山君

举盏敬侪朋，兴逸醄浓。眉开眼笑话相逢。
回首丙申同筑梦，韵味无穷。
老雁驾金风，尽显峥嵘。凭栏敲句亦从容。
华发犹存青壮志，豪气如虹。

（2016.12.30）

天仙子　西南邻居

邻近古坊称大户，睚眦记心多忌妒。踞人宅地数十天，
招愤怒，难宽恕。忘却往昔曾被掳？
西寨寇头唆动武，架势摆开充猛虎。天生真敢抗嚚蛮，
八卦步，擒拿术，逼迫莽徒寻退路。

（2017.9.21）

点樱桃　山寨达人

出手非凡，九八老妪攀高树。
踩枝轻舞，观众虚惊悸。
寨村平生，惯踏山林路，凹与兀。
雪风霜露，总伴达人步。

（2016.6.20）

苏幕遮　整治违建

乱穿凿，胡搭建。划界增容，盘踞图圈占。
袭向行人繁又乱。
痼弊经年，总怨无头案。

218

响春雷，颁会战。祛疥①能工，烟雨来天半。

封堵斜歪闻点赞。

门正风清，阳气驱昏暗。

（2017.4.2）

注：①"祛疥"指整治穿墙打洞，拆除违章建筑物。

生查子　雁阵北归

（2017年2月，在粤地过冬的大雁北飞，雁阵在空中排成一字或人字，十分壮观，使人们甚为惊喜和震撼。粤省飞机暂停飞，为雁阵让路）

和风阵阵吹，北客思乡土。

展翅上丹霄，傲瞰衡阳浦①。

奋书一与人，劲跳追天舞。

飞吻五羊城②，霞彩铺归路。

（2017.2.28）

注：①衡阳浦，湖南衡阳，浦泛指水边。传说衡阳有"回雁峰"。雁群至此便不再南飞，待春而归。唐代王勃《滕王阁序》有"雁阵惊寒，声断衡阳之浦"之句，句中衡阳就是现在的湖南衡阳。古代传说，北雁不过"回雁峰"，其实并非如此，而今大雁北上就是证明。

②羊城，是广州的别称，广州简称"穗"，五羊是广州市标。

生查子　另类寇首（格三，新韵）

寇寨换新魁，恶棍粗俗辈。
将邻往壑推，只要私心遂。
莫管已签约，协议纷纷退。
失信惹抨击，难逃满身罪。

（2018.5.14）

浣溪沙　长安街国庆夜

初上华灯彩斑斓，天兵百万降长安。
无涯人海浪腾翻。
北调南腔音悦耳，欢声笑语意陶然。
摩肩撞踵步跚跚。

（2023.10.1）

浣溪沙　喜迎二十大

庆罢期颐满目春，神州盛事又惠临。
新征程上号音频。
踊跃助威击棹者，衷心拥戴领航人。
镰锤旗帜曜星津。

（2022.6.25）

浣溪沙　狼牙壮士赞

弹尽悬崖选取仁，惊天伟迹泪沾巾。
民族气节育精神。
以往抗争伐恶寇，而今奋斗治寒贫。
嫣红花海慰前人。

（2019.4.25）

浣溪沙　在太行水镇推碾子

水寨依山半亩幽，滚翻旧物展村头。
浓浓一抹是乡愁。
情景激发行旅客，童心俘虏干活牛。
旁人含笑喊加油。

（2019.4.25）

浣溪沙　制裁"台独"顽固分子

耻辱名单忽曝光，脑壳死硬尽惊惶。
莫讵来日正方长。
吃饭砸锅双面戏，劝君勒马快收场。
斜观败类撞南墙。

（2021.11.22）

浣溪沙　棚改

希冀搬迁怕落空，盖章签署日瞳眬。
快筛绿蚁饮三盅。
以往经年蜗仄室，今朝一步上云中。
隆冬时令沐春风。

（2017.12.16）

浣溪沙　和水天一色《游思》

巽羽倾情抢报春，甘霖昨夜洒频频。
瞳瞳初日伴行人。
闲扯西溟新寨主，嚚顽横霸复欺邻。
一壶茗饮睇浮云。

（2017.2.10）

浣溪沙　网购

满目琳琅吸眼球，下单立马是吾求。
而今办事赛孙猴。
快递小哥添动力，升级"上帝"减忧愁。
呼风唤雨似神游。

（2019.5.25）

好事近　惠民工程

墙盖保温袍，宇顶上漆防雨。
堵漏御寒加固，却陈年心虑。
买单官府葺民庐，裨益万千户。
邻里社区称誉，口碑传黎庶。

（2017.10.28）

好事近　驱霾

浊气灌京城，扎寨逞威圈地。
隐曜日星招怨，可有良方治？
抗尘环保续升温，朔风猛发力。
驱遣毒烟离去，又见穹苍碧。

（2017.1.9）

鹊桥仙　四姑娘首登月背 [①]

初穿云雾，首登陌土，书写世间创举。
吴刚倒屣后花园，喜迎那、华邦奇女。

周天翳暮，冬眠宿露，凛冽晨风催寤。
鹊桥中继递佳音，频频报、权威数据。

（2019.2.4）

注：① "四姑娘"系指嫦娥四号。北京时间 2019 年 1 月 3 日 10:26，
我国嫦娥四号探测器成功登陆月球背面，并通过"鹊桥"中继星传回了世界
上第一张近距离拍摄的月背影像图。1 月 11 日嫦娥四号与玉兔二号两器互
拍结束后，月球背面进入月夜，温度降至零下 190 摄氏度，缺少太阳能电力
供应的嫦娥四号只得暂停工作进入冬眠状态。月球上的一个昼夜相当于地球
上 28 天。1 月 30 日 20:39，嫦娥四号着陆器接受光照自主唤醒，安全度过
首个月夜，并继续正常工作。

衔衔行　春运

周天候鸟忙迁徙。大潮涌，难安寐。晨光催我快前行，
车站杂声腾沸。穿梭人海，觅寻座位，疲惫复心累。

亲人良久门前睇。未开口，先流泪。三盅清醴话乡愁，
多少酸甜滋味。上元挥别，稚童哭泣，教人横流涕。

（2019.2.20）

卜算子　超级月亮

桂魄未登场，万众生悬念。
待到如约耀夜空，明亮而惊艳。
艳也不张扬，只想提个醒，
阔论高谈"洋月"时，莫把家乡贬。

（2016.11.16）

注："超级月亮"，被称为"超级月亮"的 2016 年度最大最圆的月亮，
11 月 14 日晚如约现身苍穹（19:21 月亮离地球最近，21:52 亮达到满月）。
11 月 14 日是月球自 1948 年以来离地球最近的日子，此情此景只有到 2034
年才会重现。

赋

主要内容：

景山赋

　　春杪假日，云淡风轻，重访景山，再览胜景。

　　景山牡丹，京城一景。四方游客，趋之慕名。富贵花蕾蕴国色，盛开时节动华京。株高、花大皆独有，龄长、色艳是特征。"雪梨花"漂白，"洛阳红"抹血，蜚声中与外，伯仲难判评。深紫如墨"黑牡丹"，金黄色泽"黄金轮"，雍容华贵族，问君怎排名？"二乔""姚黄"，风姿娇妍；"昆山夜光"，体态晶莹。"掌毛案"以特色悦人，"龙胆紫"以实力发声。花王万株，爱惹蝶影。香容艳骨，脉脉含情。柔风拂弄，一园芳馨。国色天香花满园，满园娇艳皆名伶；名伶从不争高下，高下任由客点评。几对新人施粉黛，径入芳园留倩影。三两豆蔻花前立，敢与魁芳比艳惊。专家"长枪"对花丛，业余"扁炮"扫园庭。

　　正门向故宫，门内一阔坪。翩跹起舞者，原是街舞兵。莫道韶华去，风姿玉娉婷。婀娜舞步吸眼球，悦耳丝竹添激情。远方新客暗惊诧，缘何礼乐喜相迎？拐弯向西，信步宽径；绕道北麓，歌声雷鸣。山腰亭台，众人聚集；指挥鞭起，近鸟飞惊。一曲《长征》震九霄，群情激昂，血脉偾张，心潮万顷；《唱支山歌给党听》，情真意切，感人肺腑，并茂声情。退休老童歌盛世，字字句句是心声。

　　景山公园，人流如织，携老扶幼，笑脸盈盈；惟东门内，青砖铺砌，道路坦直，几许谧静。十数皓首，躬身劳形；耕耘地书，全神注倾。龙飞凤舞，行云流水；铁画银钩，风骨遒劲。地书续写新风韵，毫端传承古文明。微风拂煦，放飞心中喜悦；岁月如诗，吟咏时世升平。

228

今之景山，积土几经。历史厚重，掌故满籝。阆苑八百载，"将军"写证明。①金代称北苑，元代称后苑；明代"万岁山"，煤山是别名；清代称景山，意为观佳景。乔木翁郁，丛林菁菁。京都小森林，天然大氧瓶。修篁留绿云，苍松藏疏影。身怀绝技，爪槐上演虬枝术；历劫风霜，翠柏诠释长寿经。幽径深处，情侣私语切切；绿树新枝，嫩禽雀跃嘤嘤。山腰密林，倦客于寂静处听天籁；亭台楼阁，游人在笑声中乐清平。四面石径通峰顶，八方游客喜攀竞。

景山最高点，顶峰万春亭。地处城中轴，俯瞰紫禁城。坐北枕鼓楼，岁月沧桑忆暮鼓；南望永定门，门楼巍峨叹永定。西襟北海湖，湖光山色相辉映；东昉美术馆，金碧辉煌衬雅亭。极目远眺，云兴霞蔚，气象万千；环视四周，赏心悦目，春和景明。

若夫史实两桩，历历在目；往事重温，心气难平。山之东麓，一株突兀，满树悲情：明代末年，朝政昏暗，庙堂欲倾；苛政猛虎，饿殍遍野，满目哀鸣；官逼民反，揭竿为旗，一呼百应。崇祯十七年（1644），三月十九日，闯王振臂呼，率兵攻京城。末日终来临，昏君尽悚惊。仓皇逃出宫，撕袍写遗言；自缢万岁山，了结此性命。呜呼！明朝万岁爷，自缢万岁山，历史最无情；观此悲催树，不禁长嗟叹，灭明者是明。清代乾隆皇，敕建五方亭：中峰万春亭，两侧共四亭。四亭设佛像，供奉为神灵。光绪廿六年（1900），联军侵帝京。佛像遭掳掠，文物被清零。哀哉！清朝变腐弱，列强更欺凌，践踏我山河，涂炭我生灵。

景山托起五方亭，鸟瞰京都与殿门。昔日帝王凌绝顶，而今黎庶掌乾坤。被劫文物添国耻，自缢崇祯是歹君。毋忘居

229

安殷作鉴，倍加珍惜满园春。

注：①"将军"：景山作为苑林已有八百余年的历史。景山东北角处有两棵千年古柏，树冠状似龙爪，苍劲挺拔。据传，清康熙皇帝曾"敕封"这两棵柏树为"二将军柏"。

罗定赋

　　粤地西关在罗定，罗定自古是名城。名城毓秀多人杰，人杰地灵文化兴。

　　罗定故泷水，泷州是别名。历史渊源远，长河古韵深。春秋百越起，隶属几变更。（隋）开皇十八年（598），泷水县初现。明万历五年（1577），罗定州定名①。至民国元年，州名改县名。一九五八年，罗南两县并；一九六一年，撤销合并令。②一九九三年，欣闻设市声。

　　雄踞西江南，重地有倚凭。云雾（山脉）对云开（山脉），东西两眸凝。"门庭巨防"地，天然一障屏。周边接五县，共享芳邻情。

　　古邑多奇景，遐迩客慕名。几多典和故，几多说与评。"石牛仙踪"地，传奇出胜景。"云霁文峰"山，毫锥自天成。"四凤朝阳"舞，时势兆升平。"龙湾高瀑"飞，最是捉眼睛。"东桥塔影"照，记录阴雨晴。"银河浮金"出，客官感叹声。"长岗坡渡槽"，丕业天地惊。"学宫"乃圣迹，虔诵祭孔经。"龙龛蜕骨"在，见证古文明。

　　斯是文化乡，此说岂虚名。历代重文教，闾阎振铎声。良师受尊崇，益友敬师兄。负薪挂角志，程门立雪情。铁砚既磨穿，玉琢器必成。三元宝塔立，学子犹苦拼。鳌头占得日，门前报喜声。"潘、陆"罗定版，③才高八斗型。曩篇争相读，乡间乐点评。功夫梁方伍，授徒数千丁。舞蛇陈远辉，相声黄俊英。吟诗和作对，风气颇盛行。诗钟生妙语，雅韵比兰亭。山歌接地气，酸甜苦辣经。妇人唱字眼，开口便煽情。土生八音队，巡演文化兵。喜庆唱大戏，鼓乐齐轰鸣。过年足鸡豚，万户桃符新。鞭炮冲天响，恭喜发财声。

罗定稻米香，洁白又晶莹。蚕桑农家本，村民勤经营。希冀六畜旺，常念致富经。鱼塘星罗布，水产养殖兴。绿茶祛湿热，入喉心境清。玉桂芳气逸，补火通络经。烧烤享美誉，工艺制作精。豆豉香浓郁，百年品牌名。甘脆三黄鸡，俘虏食客心。鱼腐披绉纱，美食是公认。大快朵颐者，满堂点赞声。

斯民崇武艺，义勇犹钦敬。将军蔡廷锴，籍贯是罗定。淞沪抗日战，沙场见赤诚。鏖战一月余，倭寇走麦城。溃贼失魂魄，貔貅扬威名。抗日大英雄，民族之精英。将军塑像竖，廷锴中学兴。英雄人敬仰，事迹众颂称。

革命年代里，红色基因传。镰锤旗帜举，领路李芳春④。英烈倒下去，接棒有后昆。日出乌云散，江山归黎民。和平建设期，面貌日日新。国家要强盛，民族要复兴。物质与精神，互促两文明。感恩共产党，贫困已归零。缅怀毛主席，拥戴习近平。宏图已擘画，乡村必振兴。进入新时代，踏上新征程。策马追梦路，风烟步蹄轻。八排岭顶眺，祥云绕龙城。远客思梓里，魂牵复梦萦。

（2023.5.30）

注：①"罗定州定名"：明代万历五年（1577），凌云翼征罗旁，平瑶乱。罗旁平定，遂以罗定为州名，升泷水县为罗定州，罗定之名源于此。

②"罗南两县并"：1958年11月，罗定县、郁南县合并，称罗南县。1959年1月，罗南县复称罗定县。1961年4月，恢复原罗定县和郁南县建制。1993年4月，撤销罗定县，建立罗定市（县级市）。

③"潘、陆罗定版"：潘系指潘安，陆系指陆机，西晋的两位文学大家。罗定也有像潘安、陆机这样才华横溢的大文人。

④李芳春烈士，罗定县黎少区横岗乡人，1924年加入中国共产党，是中共罗定县特别支部首任书记。1927年5月7日惨遭敌人枪杀。革命烈士永垂不朽！

新编
《声律启蒙》

前　言

《声律启蒙》的作者是清代车万育（1632—1705），车氏学问赅博，擅长书法。

《声律启蒙》是训练儿童应对、掌握声韵格律的启蒙读物，分上下卷。按韵（平水韵）分编，包罗天文、地理、花木、鸟兽、人物、器物等的虚实应对。从单字对、双字对、五字对、七字对到十一字对，声韵协调，朗朗上口，读者从中可得到语音、词汇、修辞的训练。从单字到多字的层层属对，读起来有如歌咏。这类读物，在启蒙读物中独具一格，经久不衰。

中华人民共和国成立前，笔者曾在乡村私塾学堂读过《声律启蒙》。笔者今试撰"新编《声律启蒙》"，以资纪念。

卷　上

一东

阁对厦，苑对宫，大陆对长空。

赤轮对玉兔，碧海对苍穹。

金銮殿，乾清宫，细巧对玲珑。

坤宁藏掌故，御圃晒葱茏。

仰首兽头喷玉液，侧身石晷窥苍窿。

大殿巍峨，钦赞匠心独运；

城楼雄伟，惊疑鬼斧神工。

二冬

江对海，岭对峰，脚印对游踪。

新城对古邑，建业对开封。

一窝鼠，半箱蜂，酷暑对严冬。

深山捉恶虎，庭院逗鸣虫。

冷气渗林惊燕雀，急风驱雨打梧桐。

盛夏湖堤，羌笛美言垂柳；

初春溪岸，吟鞭点赞青松。

三江

湖对淀，汉①对泷，渭水对长江。

修堤对护堰，铲土对夯桩。

旌晃晃，影幢幢，北调对南腔。

空谈伤社稷，苦干壮华邦。

夜雨细心浇旱土，晨风倾力透纱窗。

正直宁君②，无奈断然割垫；

垂髫③司马，急中奋力砸缸。

四支

莺对燕，鸷对鸶，喜鹊对黄鹂。

金枝对玉叶，白鹤对鸬鹚。

疯癫狗，狡黠狸，困兽对吼狮。

东村弹雅调，西寨唱歪词。

猎户热心驱虎豹，英雄决意打熊罴。

大器终成，梁灏④暮年登金榜；

天资初露，宾王自幼写鹅诗。

235

五微

薄对厚，细对微，聚拢对纷飞，

黄栌对紫桦，月季对蔷薇。

条柳坠，絮花飞，暗淡对依稀。

疾风穿里弄，浊雾渗柴扉。

冷气逗撩烟袅袅，惊雷推助雨霏霏。

雾锁尘封，天地暗昏皆迷茫；

云开日现，山河锦绣尽朝晖。

六鱼

宅对院，宇对庐，巷陌对郊墟。

修房对筑室，堵洞对开渠。

黑腿狗，褐毛猪，百足对蟾蜍。

得心如喜鹊，穷技似黔驴。

远客焚膏书隐语，伊人凭榻盼来鱼。

鼓瑟横琴，诗友索韵吟阳景；

鸡黍绿蚁，侪朋把盏说安居。

七虞

追对堵，赶对驱，仄道对通衢。

彤云对细雨，桂魄对金乌。

捉水獭，猎鹈鹕，苇荡对深湖。

深山藏猛虎，寒舍有鸿儒。

钓客甩竿常仰首，骚人敲韵惯捻须。

蓓蕾初开，芳气网罗花蝶；

微风新止，岚烟作秀苍梧。

八齐

洼对壑，坝对堤，旧堰对新畦。

红梅对绿柳，紫气对虹霓。

急雨远，淡云低，正北对偏西。

漓江栖白鹭，湘水嬉天鸡。

布谷喜欢朝雀叫，黄鹂焉敢对鹰啼。

小贩推车，街上转圈销青蒜；

渔樵背篓，途中信手采蒺藜。

九佳

楼对肆，室对斋，野径对苔阶。

藩篱对影壁，柳条对松荄。

东便道，北宽街，端正对斜歪。

深山捉豹虎，荒野缚狼豺。

武氏过冈先饮酒，子牙垂钓未安钩。

赤子华邦，苍昊水域彰威勇；

龙人梓里，天涯海角寄情怀。

十灰

敲对打，挡对推，响鼓对惊雷。

牡丹对芍药，百合对玫瑰。

坡上埂，垄头陔，育种对移栽。

声销香客去，铃响马帮来。

邓氏举觞挑老窖，乐天⑤筛酒选新醅。

彳亍山亭，云彩卷舒吟夕照；

徘徊石径，金风炫弄笑红梅。

237

十一真

偏对正，伪对真，仲夏对初春。

寒门对府第，远客对芳邻。

江起浪，浒生粼，险渡对迷津。

毛渠浇万顷，钢索吊千钧。

饮誉古城灯璀璨，无名石洞柱峋嶙。

古代传言，红袖⑥染疾常眉皱；

闾阎谈笑，东妞爱美惯效颦。

十二文

推对打，武对文，弃艺对从军。

扶犁对耪地，稼穑对耕耘。

风赶雨，月追云，夜幕对夕曛。

猿奔崖上睆，莺啭苑中闻。

百姓善慈常筑路，寇贼贪婪惯偷坟。

伪善喽啰，德艺俱缺不知耻；

诚实黎庶，衣食富足尽欢欣。

十三元

阡对陌，寨对村，草舍对朱门。

祁连对五指，北岳对昆仑。

山暗暗，海昏昏，虎咽对狼吞。

蓬莱翔海燕，仙境骞鹏鲲⑦。

恶浪起伏风怒吼，雷鞭狂晃雨倾盆。

海角天涯，三亚闹喧新风景；

峰峦屏障，桃源静谧旧乾坤。

十四寒

庵对观，殿对坛，海淀对沙滩。

翻山对越岭，露宿对风餐。

流水黛，露珠溥，矫健对蹒跚。

罡风鞭翠柳，急雨沐层峦。

勇者捧星登碧汉，愚人学步逛邯郸。

戴月披星，田叟力拼三夏；

风尘劳苦，渔夫挑战冬寒。

十五删

誊对印，改对删，借用对归还。

诚实对狡诈，浪费对贪悭。

江汩汩，涧潺潺，海燕对林鹇。

黎民多俭让，倭寇尽凶蛮。

孟氏祭夫声泣泣，昭君出嫁泪潸潸。

雾气遮天，西寨倍加昏暗；

霓虹贯日，长安分外斑斓。

（2018.8）

卷 下

一先

高对矮，后对先，百岁对千年。

屾峰对独岫，热气对青烟。

三杆秤，六根弦，玉帛对金钱。

初一听雷雨，十五望婵娟。

败将带卒奔麦地，天子独自访街廛。

兴致勃勃，诗友捻须敲平仄；

欢心满满，农人煮酒话丰年。

二萧

鼙对号，哨对箫，小调对童谣。

加班对守夜，达旦对通宵。

长手臂，小蛮腰，谢顶对秃瓢。

关厢通驿站，城阙傍曲桥。

雷电霸凌岩石裂，朔风萧瑟瘦枝摇。

暴雨施威，洪水噬吞沙石路；

风浪作恶，吼声恫吓铁索桥。

三肴

呼对喊，吠对唬，壁虎对蟒蛸。

鸡窝对狗洞，蚁穴对凤巢。

江里鳖，海中鲛，屋瓦对棚茅。

蝉鸣高树上，蝶恋暗香梢。

负罪寇头成鼠辈，无辜皇储变狸猫[8]。

遇水修桥，车辆莫须烦耽误；

逢坑垫土，行人免却怨平凹。

240

四豪

弓对弩，剑对刀，好汉对英豪。

粗茶对淡饭，美食对糠糟。

黑木耳，紫葡萄，韭菜对茼蒿。

西山林郁郁，东海浪滔滔。

猎户本能追野兽，军人血性爱征袍。

粤地佳肴，"双斗"品尝奔罗定；

华中美食，"三蒸"享用到仙桃。⑨

五歌

猪对狗，马对骡，老燕对雏鹅。

情真对意切，醉舞对飞歌。

说地利，讲人和，顺遂对多磨。

知情应打假，明断莫传讹。

雨霁翠林鹰作秀，风停丝柳燕穿梭。

冷气呼呼，几处骤风折堤柳；

闷雷虺虺，一窗细雨洗池荷。

六麻

江对海，水对沙，白术对天麻。

蔷薇对月季，野草对蒹葭。

披夜幕，剪朝霞，唢呐对胡笳。

东溟波浪阔，西域路途赊。

墨客只认诗圣酒，农夫专买武夷茶。

稳稳当当，专列准时奔丝路；

风风雨雨，云帆正挂到天涯。

七阳

风对雨，热对凉，冷月对暖阳。

楼房对店铺，短径对长廊。

酣睡榻，醉偎墙，煮酒对推觞。

烦言招厌恶，孤影起彷徨。

沉稳总为家有底，心慌源自库无粮。

厄运临头，厅里鼠来猫接客；

欢声贯耳，林中虎去鸟称王。

八庚

琴对瑟，管对笙，牧笛对瑶筝。

茹毛对饮血，火种对刀耕。

红嘴鹤，绿头鹦，树倒对巢倾。

竹摇生碎影，潮涌动江城。

百日兽嗷无怵意，一朝蛇咬有余惊。

勿犯糊涂，来往首先存真意；

焉能草率，结交务必讲输诚。

九青

黑对白，紫对青，皎月对明星。

沙堤对柳岸，水榭对兰亭。

康映雪，胤囊萤，感悟对心铭。^⑩

悬羊敲战鼓，饿马晃提铃。^⑪

树上建巢三褐鸟，池中扑水几蜻蜓。

继古开今，磨砺向前哦金句；

承前启后，创新奋进念真经。

十蒸

炊对煮，烤对蒸，雾散对云升。

捕鱼对狩猎，扯网对提罾。

江怒吼，海翻腾，地裂对天崩。

珠峰飙冷舞，东岳举天灯⑫。

稻浪滚翻百十次，波澜席卷万千层。

小巧玲珑，御苑拱桥通花圃；

庞然大物，东山水坝绕青藤。

十一尤

鹰对鹬，燕对鸠，杪夏对初秋。

击节对呐喊，小舨对扁舟。

伤隐痛，乐无忧，善感对多愁。

吟哦歌盛世，泼墨咏金瓯。

傲慢大言皆劣迹，施压讹诈是阴谋。

向晚风歇，山庄炊烟袅袅；

清晨雾罩，园庭小鸟啾啾。

十二侵

中对外，古对今，岁月对光阴。

祥云对瑞气，喜讯对佳音。

肩顶杠，手操针，案板对厨砧。

宁吹无孔哨，不抚断弦琴。

岭顶白云奔北去，江心红日欲西沉。

落叶轻飘，瘴气黯然离去；

旌旗漫卷，罡风快步来临。

十三覃

楼对殿，庙对庵，虎穴对龙潭。

谦虚对自大，苦干对高谈。

金手链，玉石簪，水绿对天蓝。

英豪多义气，贼寇尽贪婪。

野渡浅滩捞硕蟹，山林深壑网肥鹌。

杪夏登山，幽梦几经爬峰岭；

中秋咏月，余音数日绕诗坛。

十四盐

香对辣，苦对甜，酱醋对油盐。

开轩对闭户，苦布对垂帘。

冬冷冷，夏炎炎，锐减对激添。

华山云可罩，东岳水难淹。

水榭放歌心自醉，长亭私语意缠绵。

喜鹊穿篱，童子乐投食料；

肥鱼冲网，渔翁笑捋苍髯。

十五咸

酸对涩，淡对咸，绿褂对青衫。

杀鸡对宰犬，炖芋对蒸鳡。

莺呖呖，燕喃喃，打洞对凿嵓。

遭灾齐赈济，跌倒众扶搀。

细小技能不渺小，平凡工作也非凡。

厚道传承，黎庶历来崇诚信；

基因永继，民族时刻讲尊严。

（2018.9）

注：①汉指汉水，是长江第一大支流。泷指广东省罗定市的泷江。

②宁君，指春秋时期的管宁（管仲丞相的后裔）。相传管宁为人正直，淡泊名利。为此，流传着"管宁割席拒华歆"的故事。话说华歆原是管宁的好朋友，他俩曾同坐一席子（垫子）读书，但后来管宁发现华歆贪图名利，志不同道不合，于是断然"割席拒华歆"。

③垂髫，即少年。宋朝司马光砸缸救人时他自己才七岁（被救的小孩叫上官尚光，与司马光同岁）。

④梁灏：《三字经》"若梁灏，八十二，对大廷，魁多士。"说的是宋朝的梁灏，他在八十二岁时才中状元。在金殿上对皇帝提出的问题对答如流，所有参加考试的人都不如他。

⑤"乐天"：白居易，字乐天。

⑥"红袖"喻美女，此处指西施。"红袖"典出白居易《对酒吟》："今夜还先醉，应烦红袖扶。"

⑦即"鲲鹏"，古代传说中的大鱼和大鸟，也指鲲鱼化成的大鹏鸟。

⑧《狸猫换太子》是古典名著《三侠五义》里的一个文学故事。有专家称，故事是有历史原型的。

⑨粤菜"双斗"即"龙虎斗"，名扬遐迩。罗定市在粤西。"三蒸"美食指蒸畜禽、蒸水产、蒸蔬菜。仙桃市在湖北中南部。

⑩"康映雪""胤囊萤"，见《三字经》"如囊萤，如映雪，家虽贫，学不辍"。囊萤（晋朝车胤），映雪（晋朝孙康）。

⑪"悬羊击鼓，饿马提铃"，是指把羊吊起来，使羊脚乱动击鼓；把铃系在饿马的蹄子上使其发出声音。这是古代人作战时使用的一种空营计，故事发生在公元前春秋时期的齐国。

⑫举天灯，系指泰山顶上观日出，游人"托日"拍照留影。

新编《训蒙骈句》

岁
月
如
画

　　《训蒙骈句》的作者是司守谦，明代宣化里人，字益甫。史称他"天才超逸，下笔万言"。可惜他英年早逝，诗文散佚，仅存此一篇。

　　骈句，即骈偶句，即对仗句。两马并驾为骈，二人并处为偶，意为两两相对。古时宫中卫队行列月仗（仪仗），仪仗两两相对，故称对偶，亦称对仗。以偶句为主体构成字数相等的上下联，上下联词语相对，平仄相对。用这种形式的四、六句写成的文章，晚唐时称作"四六"，宋明沿用，至清改称骈体。《现代汉语词典》对"骈体"的解释为："要求词句整齐对偶的文体，重视声韵的和谐和辞藻的华丽，盛行于六朝。"

　　《训蒙骈句》主要是对儿童进行骈句训练，为作文作诗打基础。按韵部（平水韵）顺次，由三言、四言、五言、七言、十一言的五对骈句组成一段。词语平仄对仗工整，想象力异常丰富。方家称，《训蒙骈句》、《笠翁对韵》和《声律启蒙》当可为吟诗作对之基。

　　为了学习，笔者斗胆试撰"新编《训蒙骈句》"。让方家见笑了。但老师说，要学东西，不能怕笑。老师此话极善。

卷　上

一东

云散北，水流东。
苍天浩浩，丽日融融。
渡头三过客，江岸几渔翁。
帝京黎明云淡淡，燕山向晚雨蒙蒙。
巨星丹青，大千专心攻重彩；
神工高手，纯芝①犹喜画鱼虫。

二冬

熬酷暑，抗严冬。
庭前翠竹，圯上青松。
寒气袭桐黛，煦风拂李秾。
马戏演员飞似鸟，天台禅师坐如钟。
万众欢呼，恶霸锒铛蹲大狱；
全城雀跃，包公健步进开封。

三江

铺铁路，筑石矼。
小舟一叶，划桨两双。
恶霸出恶语，官僚打官腔。
冷语千言难却敌，良谋半句竟安邦。
堤旁睇戏，风拂翠柳条点水；
岸上观奇，水浸夕阳火烧江。

岁
月
如
画

四支（划线处均为词牌名）

<u>西意曲</u>，<u>鹧鸪词</u>。
速离<u>苦海</u>，莫误<u>佳期</u>。
孤单忆<u>岁月</u>，寂寞<u>长相思</u>。
腊月虫蛰<u>雪芳草</u>，初春燕梳<u>杨柳枝</u>。
<u>九重春色</u>，寒姑登场<u>捣练子</u>；
<u>一泓秋水</u>，<u>大有</u>下河<u>摸鱼儿</u>。

五微

天暗暗，雨霏霏。
溪清蟹瘦，草绿羊肥。
岭南三小径，山北几柴扉。
沙僧多日蹲驿站，大圣霎时到京畿。
声势浩然，南浦雁群随云去；
舞姿妩媚，西山红叶应风飞。

六鱼

读密码，看天书。
风急叶落，阳烈云舒。
滩头唱落日，江渚观游鱼。
猎人静心窥猛虎，顽童吆喝赶毛驴。
日照神笔，后苑修篁织碎影；
自然杰作，前庭叶枝绣扶疏。

七虞

山北麓，苑南隅。

申饬虚伪，冷笑滥竽。

缓行如尺蠖，过隙似白驹。

皓首决心学武艺，黄童立志要悬壶。

信手写来骚客胸中藏典籍，

久长羁旅武侠心里储江湖。

八齐

风吼吼，马嘶嘶。

橙黄楼宇，紫褐玻璃。

冷雨送秋雁，涛声迎海鹥。

烹调学霸会烧饭，八股高手擅破题。

风雅堪夸孔雀豪情常展翅，

热心可赞骕骦勤奋不停蹄。

九佳

云追月，风赶霾。

千年居穴，万岁山崖。

山庄筛绿蚁，野域品茅柴。

黎庶淳朴崇品位，土豪狂热追名牌。

鼓乐喧阗老妪飙歌新广场，

殿堂幽静游人欣赏养源斋。

十灰

花作证，月为媒。

苑林郁郁，宫阙巍巍。

船沉因水灌，树倒赖风推。

院净应知谁洒扫，花香莫忘怎栽培。

无意生趣耆老惯摸鼻黑痣，

悠然自得笠翁常捋鬓霜堆。

十一真

崇正义，讲精神。

孔明羽扇，公瑾纶巾。

游客寻名胜，屠夫瞟肥豘。

商海强人说教训，官家恶霸忆沉沦。

励志专心天性哗蝉勤唱戏，

忠诚敬业从来巽羽爱司晨。

十二文

丹桂香，紫檀桼。

箍扎木桶，修补裂纹。

焉能将鹤煮，怎可把琴焚？

初夏清晨烟袅袅，残冬向晚雪雰雰。

晋级加薪莫忘一线挥汗者，

评功授奖应荐后勤火头军。

十三元

新硬币，旧银圆。

谋生开店，食力灌园。

有过当纠正，得能必感恩。

牧场驱赶狼和豹，荷池放养龟与鼋。

旅舍推崇南浦渡头观水獭，

游人热捧北山林里听啼猿。

十四寒

松傲雪，雁惊寒。

嶙峋古洞，叠翠层峦。

存疑应解惑，有事莫相瞒。

缱绻会当真配偶，和鸣应是好凤鸾。

子胥吹箫意在来日雪仇恨，

勾践尝胆志存余生赴国难。

十五删

熬苦力，享清闲。

新村两座，秀水一湾。

谢公②登峻岭，太白上崇山。

遵义古城称圣地，桃源仙谷似琅嬛。

天下皆知北寨劣绅忒狡猾，

无人不晓西村恶少最刁蛮。

（2018.11）

卷 下

一先

抽井水，运清泉。

狼奔悚箭，豕突惊鞭。

捕蝉需上树，捉鳖要临渊。

持节牧羊赞苏武，领命开路数张骞。

战旗飘扬一声号令添威猛，

摇篮摆动半首儿歌助酣眠。

二萧

敲板鼓，奏排箫。

雨刷绿伞，霜染芭蕉。

杀声撼四野，士气冲云霄。

甘为黎庶虔俯首，不向权贵竞折腰。

机灵敏捷，深沟笠帽一猎户；

动作麻利，津渡蓑衣两渔樵。

三肴

施粉黛，绽含苞。

饥厌糠菜，饱饫佳肴。

舌耕居里弄，稼穑住京郊。

神行太保③惊飞鸟，浪里白条镇腾蛟。

筑穴洼地，暴雨伊始讥蚂蚁；

结网柴房，狂风过后赞蟏蛸。

四豪

推俊伟，荐英豪。

骁将兵法，伟人略韬。

先驱是伯乐，后秀有方皋④。

泽令归园赏菊海，诗仙梦游叹烟涛。

踏实稳重，诚心拜师学本事；

浮躁虚荣，盲目追星赶时髦。

五歌

形窈窕，影婆娑。

光阴似箭，日月如梭。

青春当爱惜，少壮莫蹉跎。

衣兜封口识贾氏⑤，礼金婉拒赞华佗。

妯娌八卦，含沙射影生龃龉；

夫妻记仇，指桑骂槐动干戈。

六麻

柔似水，乱如麻。

村夫笠帽，庙主袈裟。

侧身躺钢线，斜手弄琵琶。

肥虫露面招饥雀，褐蝮光临怵困蛙。

估计错误，有心敲山未震虎；

考虑弗周，无意击草却惊蛇。

岁

月

如

画

七阳

飘浓味，溢暗香。

频频抚瑟，密密推觞。

激情街舞族，淡定退休郎。

邈远碧波铺大幕，巍峨山路绕羊肠。

赤日炎炎，暑气长驱到浦岸；

寒流滚滚，冷风直渗入幽篁。

八庚

乌晚唱，雁秋横。

豺狼内斗，匪寇相鲸。

隼鹰争猎物，猪犬抢残羹。

武馆师徒崇技艺，黉门学子重舌耕。

苦恨潦倒，子美登高常自叹；⑥

孤单落魄，乐天筛酒总独倾。⑦

九青

风动柳，雨浇萍。

云遮水黛，日照山青。

风驱三阵雁，月伴满天星。

柳下垂髫形俊秀，花前豆蔻体娉婷。

远虑深图，先主⑧运筹如静水；

心直口快，益德⑨发怒若雷霆。

256

十蒸

观日落，睇云升，

千舟竞渡，万马奔腾。

湖边树影暗，山外彩霞凝。

八方喊打缚残虎，四面楚歌拍腐蝇。

信口雌黄，污吏告状无实据；

在手铁证，包公判案有真凭。

十一尤

云追月，风灌楼。

众击战鼓，独驾扁舟。

猎人伏恶虎，童子骑水牛。

红日高悬芳草地，浊尘深锁绿沙洲。

浏览逗留，李氏⑩休闲登泰岱；

挂冠归去，彭泽有事跑西畴⑪。

十二侵

猿啼岸，鸟唱林。

西风烈烈，细雨霏霏。

严寒思木炭，亢旱盼甘霖。

园内瘦亭不防晒，湖旁高树总遮阴。

将相和⑫合，赵王当下无忧虑；

子期辞世，伯牙从此缺知音。

十三覃

如水绿，似天蓝。

修建宗庙，设置佛龛。

深睡祛困顿，畅饮诱沉酣。

猛打穷追网蝇虎，安居乐业事桑蚕。

东村百姓，善良明礼复俭让；

西寨倭寇，刁蛮粗野又贪婪。

十四盐

酸有醋，淡无盐。

眼珠细细，手指纤纤。

蚱蝉鸣高树，麻雀唱屋檐。

领衔演员拼才艺，持枪武警展威严。

悒悒不乐，云长骑马奔麦地；

洋洋得意，大圣腾云返水帘。

十五咸

倾斜洞，嶙峋岩。

层层波浪，点点云帆。

隆冬莺呖呖，初春燕喃喃。

海岸鱼虾应可索，公园花木不能芟。

名利膨胀，出众艺人飙出众；

淡泊坦然，平凡黎庶乐平凡。

（2019.1）

注：① "纯芝"：齐白石生于湖南长沙，原名纯芝，字渭青。

②谢公是南朝诗人谢灵运（385—433），他曾穿着特制的木屐攀登高山。见李白诗句："脚着谢公屐，身登青云梯。"

③ "神行太保"即土行孙，是小说《封神演义》中的虚构人物，据称他能日行八百里。"浪里白条"即张顺，是小说《水浒传》中的人物，水性

极好，梁山大聚义时，他排第三十位。

④"方皋"即九方皋，相马专家。相传，春秋时期的秦穆公问伯乐，有可以接替其相马的接班人吗？伯乐就推荐九方皋。后来事实证明，九方皋的相马本事果真了得。

⑤"贾氏"：北京儿童医院超声科主任贾立群大夫德医双馨，百姓亲切地称他为"B超神探"、"缝兜大夫"（拒收红包）。"华佗"：华佗为关羽刮骨疗伤，手到病除。关羽赠金百两，但被华佗婉拒。

⑥杜甫（字子美）诗句："艰难苦恨繁霜鬓，潦倒新停浊酒杯。"

⑦白居易（字乐天）诗句："春江花朝秋月夜，往往取酒还独倾。"

⑧"先主"：刘备，汉昭烈帝，又称先主，字玄德。

⑨"益德"：张飞，字益德（《三国演义》作翼德）。

⑩"李氏"系指李白。

⑪"西畴"请见"归去来兮辞"："农人告余以春及，将有事于西畴。"

⑫"将相和"，典出司马迁的《史记·廉颇蔺相如列传》，赵王系指赵惠文王。

文章

主要内容：

一、趣谈我的名字"刘汝才"

我的父母给我起名"汝才",这既是"乳名"也是"读书名",我这一辈子是"一名通"。

我们家,母亲不认字,父亲虽然文化水平很有限,但他在家中"第一把手"和"掌管文化"的地位是不可挑战的。所以,说得更准确一点,我的名字应是由父亲"提名",母亲口头"赞成"通过的。

有人拿我开心说:"你的名字挺好,'汝'就是'你'的意思,'才'就是'才华','汝才'就是'你有才华'的意思。你的父母是文化人吧。"我说:"我祖宗数代都是贫苦农民,贫寒人家,给孩子起名,笔画宜简单。'汝才'这两个字笔画少,容易认和写。仅此而已。"

上大学时,我的名字英语拼音为"Liu Ju-tsai",那是按英国韦氏(Wade)拼音而拼写出来的。1964年夏,我大学毕业后出国,我护照上的中文名字的英文译名用的是韦氏拼音。在英国及许多讲英语的国家,书写姓名时,名在前,姓在后,把称谓(女士、先生或职称)放在名字前。当地的华侨华人也是"入乡随俗",在书写姓名时,把名字放在姓之前。因此,我在英国伦敦时(1964—1970),常有英国人把"Liu Ju-tsai"中的"tsai"理解为姓"才",把我称为"Mr.Tsai"(才先生)。

1979—1983年,我在澳大利亚悉尼工作。开始,我的姓名拼音仍用"Liu Ju-tsai",有些澳大利亚朋友称我为"才先生"。后来我国改用汉语拼音书写中国的地名和人名,不再采用韦氏拼音。我的姓名汉语拼音是"Liu Rucai"。有些朋友以为我姓"Rucai",并误读为"鲁卡"。有一次我到悉尼市中心一家医院看病，挂号后在候诊厅等候。几分钟后，麦克风里响亮地播出"鲁卡先生"。我断定，那"鲁卡"就是我，我快步走进大夫的诊室。随着时间的推移，越来越多的外国朋友知道我们书写姓名时是按中国的习惯将姓写在名字之前的，于是越来越多的朋友称我为"刘先生"。但常有人把"Liu"读成"莱尤"，"刘先生"变成了"莱尤先生"。也就是说，我在澳大利亚的五年多时间里，那里的朋友对我的称呼至少有四个："才先生""鲁卡先生""刘先生""莱尤先生"。但后来我到新西兰和埃及工作时，外国人都称我为"刘先生"。

1983年国庆招待会后，我离任回国，又回到外交部新闻司一处（外国记者处）工作。我将上述轶事告诉同事们，他们听后都笑了。此后，同事们老拿我开心，常管我叫"莱尤""鲁卡"。

在20世纪70年代初，新闻司的同事还管我叫"乔森潘"。这里面有个"典故"：一天晚上，周恩来总理在人民大会堂宴会厅隆重举行国宴，热烈欢迎柬埔寨的乔森潘访华。新闻司一处的同志和往常一样，到现场管理和协助外国常驻记者与国宾团随访记者，并和他们同席。待周总理和乔森潘就座后，与我同席的一名外国常驻记者兴奋地对我们说，他有一个有趣的发现：宴会厅内有两个"乔森潘"。我们感到愕然，追问："另一个乔森潘在哪里？"他把右手的食指指向我。大家对比细看，我的发型、脸庞、身材果然与乔森潘有几分相似。很快，司里的人都知道这事。从此，我又多了个绰号"乔森潘"。

我一直认为，"汝才"这个名字很"土"，其他人谁也不愿意使用这个名字。我没有想过会有人与我同姓同名。真有意思，首次发现第二个"刘汝才"这个姓名的人就是我的妻子宋淑芬。那是20世纪70年代初，宋在办公室从一份材料上看到，她单位的一名同事的父亲叫"刘汝才"。这说明：在中国叫"刘汝才"的不只我一个人。

1992年上半年，我从驻奥克兰总领事馆出差到首都惠灵顿，我在大使馆办公室看《人民日报》时，看到一则有趣的新闻："蝎子大王刘汝才"，说的是河北有个叫"刘汝才"的人养蝎子很成功，发了财，成为致富能手。看了这条新闻，我特别兴奋。我并不是对养蝎子感兴趣，而是对这人的姓名感兴趣。这是我第一次亲眼看到"刘汝才"这个姓名指的不是我而是别人。使馆办公室的人逗我说："刘副总，你怎么又养蝎子去啦？那是你的正业吗？"因此，我确信：在中国，叫"刘汝才"的至少已经有三人。我把该报道剪了下来。很遗憾，不知后来怎么把那剪报给弄丢了。

"汝才"这个名字虽然平常和"土气"，但我喜欢，因为这名字是我的父母给我起的。

（2017.10.15）

二、趣谈我的生日

我出生于1940年6月25日。我八岁上村中的"蒙馆"。

1950年秋，私塾学堂停办，我到邻村"青蛙氹"的公办初小就读四年级。

1951年秋，我到邻村龙岗村的完全小学"三区十一小"读五年级。这次的入学注册很正式，给我的印象也很深。一位姓蓝的老师坐在教务处（实际上是"卓球公祠"的正中处），他左手按住一张登记表，右手拿着一支"水笔"（即钢笔），右腿在桌子下面不断地上下抖动。他问我："你叫乜名？"（你叫什么名字？）我即回答："我叫刘汝才。"问："你几岁啦？"我报了个大概的数字（什么数字，我忘记了）。这时老师以怀疑的目光朝我上下打量。"你有嗷大只？唔会哇！你系边年出生嘅？"（你有这么大吗？不会吧！你是哪年出生的？）老师问我。我告诉他："我母亲说是那年的农历六月初五。""那年"究竟是何年，我当时还向老师提供了些什么信息，我毫无印象了。后来经老师们的认真推算，他们一致确定，我是1940年6月25日出生。从此，这个日期就成为"官方的"结论，从无质疑，也从无争议。

1996年5月，我和妻子回家乡探望母亲和亲友。一天下午，当与村中的人说起年龄时，我说我已56周岁了。在场的一位长者对此提出质疑，他说我已59岁了。另一长者则说我58岁。这是我第一次听见有人对我的年龄提出异议。这是件很有趣的事，也是应当澄清的问题。正当大家热烈争论时，我的母亲站出来说话了。她的话正好证明我当时是56周岁，也就是说，我是1940年出生的。在关键时刻，我母亲说出最权威的话，争论立刻宣告结束。我高兴极了！

近年来，我又想起那场有趣的争论。我想，关于岁数的争论是结束了，但1940年的农历六月初五是公历6月25日吗？经查《万年历表》，结果是戏剧性的：1940年那年的农历六月初五是公历7月9日（星期二），而不是6月25日！这就是说，我注册就读小学五年级时，老师把我的实际出生日期提前了14天。在京城，人们过生日一般都是按公历而不是按农历办的，我也不例外。这就是说，在过去的几十年里，只要我"过生日"，实际上都提前了14天。这也算得上是一则小趣闻。

另，据舍弟告：有两位相熟的长者称，他们记得我的生日是1939年农历六月五日晚十时（阳历7月21日）。我的生日并不重要，毕竟那是 80 多年前的事了。但使我感动的是，竟有长辈记起我的生日。我很感谢他们，并向他们致以良好的祝愿！

其实，我做生日并不多。10 周岁时（1950 年）在家乡农村，那时没有生日的概念。20 周岁时（1960 年）在外交学院，我们都全力地扑在学习上，虽有生日的概念，但大家都不兴做生日。30 周岁时（1970 年，我在伦敦已工作近 6 年），当时在使馆里长辈们都很革命化，不做生日，我属"小字辈"，更不敢"乱说乱动"。40 周岁时（1980 年）我在悉尼工作，是否做生日，食堂是否为此而"加菜"，我没有什么印象了。45 岁生日（1985 年），我在北京，经查阅日记，当晚我有外事活动，没有在家吃晚饭。50 岁生日（1990 年），我在北京，我在日记上有如下记录：

50 生辰记

下班了，匆忙赶班车。班车抵达西单时，车友某君说今天是 6 月 25 日。这使我突然想起这是我的生日哩，50 岁生辰啦。淑芬到上海出差了，我工作又忙（亚运会事情真多），刘锋将迎接期中考试。大家都忙，生日纪念的事推迟一下吧。刘锋说："干脆到 7 月和我妈一起庆祝生日吧。"此意见甚佳，一致通过。遂动手做晚饭：西红柿炒鸡蛋、肉片黄瓜、明火炒"无缝钢管"、麻酱粉丝、松花蛋。这是庆祝生日的"预备运动"或称"热身运动"。晚饭后散步，凉风吹拂（这几天是头一次吹凉风），加上办公室的案子处理得差不多了，思想压力小了，所以心绪特别好。特写上这一段。

1990 年 6 月 25 日于家中灯下

9:45 p.m. Beijing time

55 岁生日（1995 年），我在奥克兰，当晚我有外事活动，回馆后口头庆祝生日。

60 岁生日（2000 年），我在地中海东南岸的埃及亚历山大工作。当日，儿子刘锋从北京发来 email："爸妈：写个信权当给我爸祝寿吧。祝他老人家存上等心，享上等福，在高处立，向阔处行。刘锋"。

70 岁生日时，在北京，我事先写了《我的那顶大眼帽——70 岁生辰抒怀》。

80 岁生日时，在北京，刘锋作了周到的安排，我事前写了《长歌一曲唱生平——八十岁生辰抒怀》。

（2020.11.20）

三、趣谈我的学车经历

我于 1964 年 7 月毕业于北京外交学院，同年 9 月中旬抵达中国驻英国代办处工作。办公室主任说，馆里事多人少，为适应工作需要，馆里积极提倡年轻人当多面手。因此，他建议我利用业余时间学习驾车。我觉得这是个很难得的机会，这是个惊喜，我很高兴，并下定决心一定努力学习。在学车过程中曾发生过一些有趣的事儿，至今记忆犹新。

<u>学车治好了晕车</u>。我刚到伦敦时，出入经常坐小轿车，很不适应，容易头昏脑涨，有时还呕吐，后来形成条件反射，

甚至还未上车头就开始晕了。一旦晕车，吃饭就没有胃口。晕车对我是一个挑战。领导很快就安排我上路学车，并指定馆里的专职司机老余师傅做教练。余师傅曾在国内驾车多年，驾车和车辆保养都是行家里手，工作认真负责，热心助人，为人忠厚，爱与大家聊天。但当我手握方向盘时，他不许闲聊，不许开小差，我必须专心听他讲解。否则，他会很不高兴的。这时他会严肃地盯着我。他左眼角上方有一个美人痣，平时说笑话时，在美人痣的衬托下，他的笑脸显得特别可亲可爱。但在方向盘旁严肃地盯着我时，则显得威严，使我对学车不敢有丝毫松懈。

头一天练车一直到中午，该回馆了。我和余师傅高兴地走进餐厅。常与我同桌的小李惊诧地说："嗨！小刘你今天不再晕车了？"我如梦初醒，欣喜地连忙回答小李："我手握方向盘，哪有时间晕车呀？"

"L"字牌在车后挂了一年多。我向地方政府相关部门申办了 Provisional Driving Licence（临时驾驶执照），并领到红色"L"字牌（挂在车后的"学车"标识牌。"L"是 Learner 的缩写，表示此车是学车人开的。学车者不能单独驾车，而必须由持有正式驾照的司机在车内监督指导）。我细看了英国的 Highway Code（公路交通法规）。余师傅说，要注意英国的公路交通规则与我们不同的地方，例如在中国车辆靠右行，汽车方向盘在车的左前方；而在英国和英联邦国家，车辆靠左行，汽车方向盘在车的右前方。英国人的思维方式方法与我们中国人有所不同，这种差异在交通法规上也有所体现。不过我觉得，他们的交通法规还是很全面很缜密的。

英国不仅交通法规缜密，对法规的执行也是严格的，例如考官对被考人的要求很严格，丝毫不含糊。我们馆里的专职

268

司机虽持有正式的中国驾照，但英方不予承认，欲在英驾驶车辆，还必须通过英国的考试取得英国的执照。我们的专职司机多数都要经过两次考试才能通过，一次通过的只是少数。我在英国期间，馆里的司机参加考试时，基本上都是由我任翻译。每次考试，程序相同，驾车行驶约 30 分钟，按考官的要求做各种动作，当然包括左右拐弯、突然刹车、三段调头、倒车入库等动作。提问和答题在车内进行，历时约 20 分钟。提问的套路也基本相同，他总是抓住较重要较关键的问题提问。此外他会布置一两个"陷阱"让你"跳"，如问你："当你在牛津大街上以 40 英里的时速前进时，突然发现前方不远处有一小孩横穿马路，你怎么办？"这时，你应首先明确地回答：根据交通法规，禁止车辆在市内高速行驶。又如："在大桥上超车，你要做哪些动作？"同样，你要明确地回答：交通法规禁止在过桥和过隧道时超车。

半年后，我报名参加考试，历时约 50 分钟，但没有成功。考官说，你还须多练习，半年后再报考。我的学车技术不灵光，这次考试没通过，是意料之中的事。

第二次考试，在做"三段调头"动作时，车的一个轮子碰了一下路码子。我对考官说："对不起，我可以再做一次吗？"他点了点头。我重做调头动作，成功了。考官微笑说："第二次调头合格了，但不算数。对不起，你这次考试未通过。希望你不要灰心。"我说，我很有信心。

我带着再次失败的信息回到馆里，然而并没有失败主义情绪。同志们鼓励我积极准备第三次战斗。余师傅说，三考必定成功。

两个月后，我又出征了。这次大家都比较重视，都为我加油。办公室主任老崔则给我来了个"激将法"，他说，"如

269

果这次考不上，就不再让你开车了。"我会心一笑。平时我练车用的是手动档车，而这次我改用自动换档的新车，精神抖擞信心满满地去应试。考官是新来的，他手头上有我的考车记录。他很快就让我做车调头的动作。不出我所料，我的这个动作合格了。而出乎我所料的是，他这次没有问刁钻的问题，也没有设"陷阱"让我"跳"，考试全过程历时仅约半小时。最后，他轻松地对我说："恭喜你，你今天通过了考试。"我高兴地向他表示感谢。他当场给我开出考车合格证明，凭该证明可向伦敦市政厅交通科申领正式驾驶执照。同时他发给我一张纸，那是致通过考试者的一封公开信，上面有祝贺的话语，但主要内容是提醒你要注意遵守交通规则，谨慎驾车，切莫粗心大意，犹应谨记"Nothing is too perfect to be improved"（直译意为：没有完美到不能再改进的事物）。

我立马去申领了正式驾驶执照，并把在车后挂了一年多的"L"字红牌摘掉。我很感谢余师傅的辛勤付出，很感谢同志们的支持和鼓励。我也会谨记 "Nothing is too perfect to be improved"。

我的四个驾驶执照。我手头上保存着四个驾照。第一个驾照是在伦敦通过驾考取得的，第二、第三和第四个驾照均系凭早已过期的英国驾照分别在澳大利亚、新西兰和埃及换发当地的正式驾照。他们为我自动换发当地驾照可能是出于两个考虑：一是他们知道英国的考试是严格的，驾照是权威的，他们对英国证件是认可的；二是对中国外交官表示友好。

第一个英国驾照是一个小本子，有效期至 1972 年 11 月 9日；第二个澳大利亚驾照是一张纸，有效期至 1984 年 6 月 30 日；第三个新西兰驾照是一张纸，有效期至 1996 年 3 月 30 日；第四个埃及驾照是一张纸，上面贴着我的照片，有效期至 2003

年 5 月 23 日。

　　驾车是我在国外工作经历的组成部分，虽然驾照早已过期了，但经历永远是历史，历史依然留在记忆中。有诗为证：

　　　　心神专注望前方，绕巷穿街在异乡。

　　　　习艺挂牌时日久，闯关破阵路途长。

　　　　捷报传递齐欢笑，清醴筛出共举觞。

　　　　执照领得生感慨，逸闻撷取半箩筐。

（2022.10.15）

四、霜华满鬓忆童年

　　我 19 岁时阔别故乡到北国求学并工作，至今已 64 个年头了。真是光阴似箭，转眼间，我从年轻人变成了老叟。老矣！我们老家有一句俗话："青年人爱讲高视（讲牛气），老年人爱讲旧事。"青年人是否爱讲"高视"，我不太清楚，反正我年轻时就不讲"高视"，也没有条件讲"高视"；但对老年人爱讲"旧事"，现而今我算是有所体会了。

　　盼望过大年。孩提时，我总是盼望过大年，因为过年能吃上猪肉和鸡肉。除夕时，我看着父亲用磨得闪闪发亮的菜刀切卤好的鸡。他边切边对我说："这两只大鸡腿给你和弟弟食，每人一只。"后来过了些年，我有了一个小妹，鸡腿不够分了，父亲就把鸡腿切开分给我们吃，小妹吃一只，我和老二各吃半只。优先照顾最小的，是一条不成文的家规。后来我懂事了，知道父母维持这个家很不容易，尤其是过年，年关很紧，他们对过年的心情是矛盾的、复杂的。因此，我对过大年不再盲目乐观了，我懂得与父母分忧了。

最怕刮风下雨。这是个沉重的话题，不想提及，但又躲不开。每逢刮风下雨，全家人都会忐忑不安，这时我会本能地准备好水桶和脸盆接漏雨。顷刻间土坯房变成"水帘洞"。如是三更半夜"落大水"，我一般都不知晓，父亲就自然地当上了"大禹"。

现在，老家的房子基本上都是两三层的砖石结构水泥盖作顶的小楼房，很坚固，人们再也不怕刮风下雨了。大家都说现在真是不错了。没有比较，就没有鉴别。年轻人说真是不错，他们的认识是肤浅的；而老年人说真是不错，他们的体会却是很深刻的。因为年轻人不了解过去，而老年人却亲身经历了过去。

童年中的快乐。中华人民共和国成立前夕，我在家乡的私塾学堂读了一年半书。所谓学堂，其实就是一座破旧的刘氏宗祠。村里及邻村的二十多个年龄相差很大的小孩自带小凳子到那里坐着听一位黎姓的先生讲课，大家同声跟着先生读"人之初"。我到岭冈背后的深沟处取来红泥做成红墨水，请黎先生把《三字经》抄在大家的"纸簿"上，那就是我们的书本了。至于什么文房四宝，那就甭提了。这帮小孩子虽然营养不良，衣衫褴褛，但学习热情却很高。我还让父亲帮我借来《幼学故事琼林》《神童篇》《千字文》《百家姓》《声律启蒙》和《论说精华》等书籍。这些书很难懂，生字太多。幸好，黎先生与我父亲关系很好，他经常到我们家里来，我充分利用这个极为有利的条件，虚心向其请教。黎先生说："你刚上学不久，这些书对你来说确实是有难度，有许多地方我也不全懂，不要害怕，你就硬着头皮读下去。"我学习非常专心刻苦，简直是入了迷。不久，我发现学到的东西逐渐多起来，自信心也增强了。我不怕困难，只要有书读，我就开心，我把读书看作是童年时的一大快乐。

从小就上山拾柴火。我六岁起就到村对面的岭冈拔"猪毛草"，上"高山排"拾柴火。上山拾柴火是平常事，但六岁就上山干活，当时在村中只有我一个。父母经常夸奖我勤奋，对我进行鼓励。我爱在山上哼唱乡间流行的山歌，有时自己也编几句顺口溜。虽然眼前的现实不容乐观，但我总是憧憬未来，坚信曙光在前头。一想到将来，我就精神振奋，山歌就越唱越有劲。精神产生力量，精神助我前行。的确，人是需要有点精神的。

你玩过"打寸"吗？孩提时，我们水头楼村的"细蚊仔"经常到背夫岭去"打寸"。这是村中的一项带有比赛性质的简单的娱乐活动，尤以青少年最为热捧。何谓"打寸"？就是在一块较宽阔的平地上放一块砖头，在砖上放一段约 3 寸长的坚实的木块，参赛者用一根约 3 尺长的坚实木棍把木块撩起约 1 尺高，并迅速用木棍猛力把木块打出去。也有不用砖头，而在地上挖个小坑，然后把小木块架在坑上，用木棍撩起木块再打出去的。没有击中木块的叫"打缺了"，把木棍误击砖头的叫"打矮了"，"打缺了"和"打矮了"都是很常见的。不过"打矮了"如若用力过猛，手臂会震得发麻，很难受的。把木块打得最远者胜出。一局胜出，没有掌声，更无奖品。获胜者得意洋洋，稍为自我满足一番后，又投入下一局的比赛中。人人都有可能夺冠，但个子较高的那两个小孩胜出的机率高。

我们通常是在傍晚时分玩打寸，因为此时有空闲，同时天气也较凉爽。参赛者至少两人，一般是五六个人，围观者很少。太阳要下山了，天快黑了，这时家长们都会提高嗓门喊自家的孩子"快回家食粥啦！"于是大家伙磨磨叽叽地快快散去。

人民公社化初期，生产大队在背夫岭盖了一座大食堂，小孩子打寸的阵地顷刻沦陷。现而今，村中的小孩恐怕一般都不晓得打寸为何物。打寸这项具有浓厚地方特点的"非遗"，还能传承下来么？

上山摘稔果。我小时候，大热天上山拾柴火时，发现山上和山路两旁都有稔果树，绿叶下藏着稔果，这是一个惊喜。那两三尺高的树上挂着三种颜色的果：绿的、红的、紫色的。绿色的果是生的，很涩，不能吃；红的是半熟，可以吃，但口感不理想；紫色的，熟透了，丰满得发亮，甘甜可口，对于又饥又渴的小孩来说，那可是诱人的美食呀！

我喜爱摘稔果，对摘稔果也积累了一点经验。当我看到那树上的果全是绿的，我断定今天在我之前有人到过这里；如果树上的果有绿的和红的，说明昨天有人来过；如果树上的果有绿、红、紫三种颜色的，那说明起码两天来未曾有人到过这里。

很遗憾，我到镇上读初中后，就再也没有机会上山干活和摘稔果了。70多年过去了，我对上山拾柴火和摘稔果的经历依然记忆犹新，难以忘怀。

（2022.8.21）